轻阅读书系

妄谈

宣永光 著

北方联合出版传媒(集团)股份有限公司
万卷出版公司

图书在版编目（ＣＩＰ）数据

妄谈 / 宣永光著 . —— 沈阳：万卷出版公司，
2015.6（2023.5 重印）
（轻阅读）
ISBN 978-7-5470-3602-0

Ⅰ.①妄… Ⅱ.①宣… Ⅲ.①杂文集－中国－现代
Ⅳ.① I266.1

中国版本图书馆 CIP 数据核字 (2015) 第 068752 号

出 品 人：王维良
出版发行：北方联合出版传媒（集团）股份有限公司
　　　　　万卷出版公司
　　　　　（地址：沈阳市和平区十一纬路 29 号　邮编：110003）
印 刷 者：三河市双升印务有限公司
经 销 者：全国新华书店
幅面尺寸：150mm×215mm
字　　数：89 千字
印　　张：8.5
出版时间：2015 年 6 月第 1 版
印刷时间：2023 年 5 月第 2 次印刷
责任编辑：胡　利
责任校对：张　莹
封面设计：王晓芳
内文制作：王晓芳
ISBN 978-7-5470-3602-0
定　　价：49.00 元
联系电话：024-23284090
传　　真：024-23284448

序 言

年少读书，老师总以"生而有涯，学而无涯"相勉励，意思是知识无限而人生有限，我们少年郎更得珍惜时光好好学习。后来读书多了，才知庄子的箴言还有后半句："以有涯随无涯，殆已！"顿感一代宗师的见识毕竟非一般学究夫子可比。

一代美学家、教育家朱光潜老先生也曾说："书是读不尽的，就读尽也是无用。"理由是"多读一本没有价值的书，便丧失可读一本有价值的书的时间和精力"，可见"英雄所见略同"。

当代人的生活节奏越来越快，很多人感慨抽出时间来读书俨然成为一种奢侈。既然我们能够用来读书的时间越来越宝贵，而且实际上也并非每本书都值得一读，那么如何从浩瀚的书海中挑出真正适合自己的好书，就成为一项重要且必不可少的工作。于是，我们编纂了这套"轻阅读"书系，希望以一愚之得为广大书友们做一些粗浅的筛选工作。

本辑"轻阅读"主要甄选的是民国诸位大师、文豪的著作，兼选了部分同一时期"西学东渐"引入国内的外国名著。我们之所以选择这个时期的作品作为我们这套书系的第一辑，原因几乎是不言而喻的——这个时期是中国学术史上一个大时代，只有春秋战国等少数几个时代可以与之媲美，而且这个时代创造或引进的思想、文化、学术、文学至今对当代人还有着深远的影响。

当然，己所欲者，强施于人也是不好的，我们无意去做一个惹人生厌的、给人"填鸭"的酸腐夫子。虽然我们相信，这里面的每一本书都能撼动您的心灵，启发您的思想，但我们更信任读者您的自主判断，这么一大套书系大可不必读尽。若是功力不够，勉强读尽只怕也难以调和、消化。崇敬慷慨激昂的闻一多的读者未必也欣赏郁达夫的颓废浪漫；听完《猛回头》《警世钟》等铿锵澎湃的革命号角，再来朗读《翡冷翠的一夜》等"吴侬软语"也不是一个味儿。

读书是一件惬意的事，强制约束大不如随心所欲。偷得浮生半日闲，泡一杯清茶，拉一把藤椅，在家中阳光最充足的所在静静地读一本好书，聆听过往大师们穿越时空的凌云舒语，岂不快哉？

周志云

目 录

一　论男女

说女子是卑贱的男子，是卑贱他自己。因为他不敢不承认是女子所生的。

无男不能有女；无女岂能有男。男女两性，叠为因果，互相化合。父精母血，构成人类，缺一不可。若说男尊，男由何生？若说女卑，女由何来？卑的岂能产尊的？尊的又焉能生卑的？凡主张男尊女卑的，全是忘离身所来处！

男女的分别，无异于狗之与猫，各有各的用处，无论怎样改造，也不能失去了原性。用女子做男子做的事，如同用猫做狗做的事。以狗捕鼠，以猫守户，非但不能胜任愉快，反要生灾惹祸。

毕达哥拉斯说："女子有两副眼泪。一种是悲泪，一种是诈泪。"

美人是眼中的极乐世界，是心灵的模范监狱，是财产的消化机器。

维克多·雨果说："男子是女人的玩物，女人是魔鬼的玩

妄
谈

物。"

妇女所最痛恨的男子，多半是她当初最喜爱的。

在未开化的国里，男子争夺女人；在文明的国里，女子争夺丈夫。

深通书理的男子，决胜不过深知男子的女子。

英国俗语说："蔷薇花全有刺。更可惜的是那刺永不凋谢。"（美人多半有恶性）

美人类似蜘蛛，能用巧妙难防的法术，合不加谨慎的男子，在不知不觉之间，就能投入她的罗网里！

世人对于妇女，皆存一份宽恕的心。假若她是一个美人，更无不可宽恕了。

好颂扬妇女的男子，是不明白她们的；好讥评妇女的男子，是一点不明白她们的！

日本古语说："天下最难处的，就是妇女。你若谄媚她，她就自骄。你若打骂她，她就哭泣。你若杀害她，她的鬼魂就要作祟。最好的法子就是爱她。"

男子能为别人守秘密，多半不能为自己守秘密，女子则反是。她虽能泄别人秘密，更能保自己的秘密。

若男子能使他的女人看他如神圣，自然是精巧极了。然而女人若能使她的丈夫，自信她看她如神圣，更非机巧出群聪明绝顶的女人办不到。

某有名的哲学家说："远观妇女，多属可爱。然若近观，每多令人失望。假若再细加近观，你就知道她们真是可爱！"

女人用胭脂，是遮掩她们含羞的。

对于新彩画的墙壁与好涂脂抹粉的妇女，要加谨慎！

妇女对于增加美丽一事，能受种种不堪的痛苦。

最注意她的容颜的妇女，多半是没有好容颜的！

旧派的女子，在结婚以前，在家里等候相当的人；新派的女子，先结婚，然后等待相当的人，然后再离婚。

女子穿美丽的衣服，不是使男子喜悦的，是使别的女子烦恼的。

男子说："知识是权力。"女子说："衣服是权力。"

使丑妇人忘了她丑，使美妇人忘了她美，那是不容易的！

注意修饰身体的妇女，多是不注意整理家政的。

使妇女爱全国易，使妇女爱一人难！

遇着婚丧或宴会的事，男子都是想我当说什么，妇女都是想我当穿什么。

英国俗语说："监视一筐跳蚤易，监视一个女子难！"

妇女对于衣服，今日所能穿的，决不肯等到明天。

恶妇如脚上的刺，若不经一番痛苦，是拔不掉的！

人不能按一个女孩子所穿的衣服，断她丈夫的贫富。

男子穿衣服多是为防御自己身体的，女子穿衣服多是为攻击别的女子的。

妇女生来是胆怯的，假若使她穿上好的衣服，她就自信她有了武器了！

妇女们穿美丽的衣服，与孔雀开屏是一样的心理。

妇女的容貌，全以被人爱的程度而论！

丑妇人愈妆饰愈丑，美妇人愈不妆饰愈美。

男子以刚胜，女子以柔胜，是万国古今不变的真理。女人对待男子，笑一笑的力量，比吵骂千万次的效力还大。任

妄谈

· 3 ·

凭他是威加海内的英雄，声名盖世的豪杰，杀人的强盗，越狱的凶犯，也担不住她这种天赋的特长。可惜有一类妇女，不明白以柔克刚甚于刀剑的道理，偏要以刚制服男子，所以闹得家庭之间，天翻地覆，鸡犬不宁。世间许多的悲剧，多是由此而起！

阿拉伯的一句俗语说："妇女的发长而知识短。"土耳其同欧洲数国，也有类似的俗语。但是到了现在这时代，女子多已剪发，这句话就有些讲不通了。

两性间最大的反对性——男子多在口腹上注意，妇女多在身体上注意。假若一个女人，自知比她邻居的女人生得美丽，她就如同武士穿起盔甲来一样。

希腊神话说："上帝开辟天地，造了万物之后，就团土合和泥造人。先造成一个男人，名叫亚当。后来他太寂寞，就在他睡的时候，取下一根肋骨，和泥造了一个女人陪伴他，给她起名叫夏娃。"欧美的学者说："当日上帝因造夏娃，必定是把亚当身上的好的部分全取去了，所以女人们多是玲珑活泼，柔媚动人；男人们多是粗手笨脚，态度可厌。"这话与《红楼梦》中贾宝玉说的"女子是水做的，男子是泥做的"颇有些相同之处。

人能使女子嫁她所应嫁的，然而不能使她爱她所不爱的。

女儿与死鱼，是不可久留的，留一天落一天行市。

英国俗语说："狮子决不如描画的那样凶。"我再加一句话："妇女决不像打扮的那么美。"

好奇的心，是从夏娃到而今使妇女们堕落的最大原因。

夏娃真是一个模范女人，她用不着今天使她丈夫给她买这样衣服，明天买那样衣服。

握住一个鳝鱼尾巴容易，把住一个妇女难。

两性间纯洁的友谊，是永不能维持到底的，迟早二人之中，必有一人侵越了范围，那就不是友谊了。所以"男友"与"女友"这种名称，是决无价值的！

世上最易变幻无常的是女人，其次就是命运。

学问是男子的无形财产；容貌是女人的有形财产。

富人无过，美人亦无过。富人之过，多以富掩了；美人之过，多以色掩了！

女子不注意看人，她是注意让人看的。

满口谈道德的男人，必是伪君子；满口讲贞节的女子，多是丑妇人。

当一个女子告诉你，不准同她接吻，那意思是说，不准你在大庭广众之中，同她接吻。

拿破仑说："美妇使眼中快乐，贤妇使心中快乐。"

你若常听人夸赞某女子有学问，她必是不美的；假若她美，人就要先将美说在头里了。

世上的女子有两种，一种是不纳忠告的，一种是不听良言的！

恶妇人可厌，愚妇人更可厌；最可厌的妇人，是那种没准性情，没准主意的！

妇人的实在年龄，只有在她未加修饰的时候才可以断得出来！

德国俗语说："妇女面上的缺点，只有镜子知道。"

波斯俗语说："女子在二十最动人，在三十最可人，在

妄谈

四十最缠人。"

康科德斯说："何物轻于羽毛——尘埃。何物轻于尘埃——风。何物轻于风——妇女。何物轻于妇女——无。"是说妇女的习性，喜怒无常，容易更变。

法国俗语说："听信女子的话，如同捏住鳝鱼的尾巴。"

金阿莱女士说："女子的生命，落在强横的恶人手里，较落在懦弱的善人手里，反可以多得幸福！"

世间有三样事是女子不易明了的——自由，平等与纯洁的友爱。

当女子发言的时候，男子看她的眼睛；当她停止发言的时候，男子看她的嘴唇。

将女子的回答当做她的决心，就必生出许多的错误。

当无事可做的时候，男子们谈论妇女，妇女们则谈论男子们如何谈论妇女。

天下最有趣的是女子，天下最无趣的也是女子；使男子得无上快乐的是女子，使男子生无穷烦恼的也是女子。

愚昧的女子，显露她的聪明；聪明的女子，隐藏她的伶俐！

女子嫣然一笑，男子的主意就摇动了；女子眉目传情，男子的主意就瓦解了。

许多女子，虽然不是美人，然而她们的美丽，是不能一眼就看得出来的，须要细加端详，才能发现的！

对女子，夸赞她们容貌，是无往不利的。

女子修饰打扮，不是使男子爱她，是使别的女子恨她。

法国俗语说："男子灵魂的明镜中，时时有一个涂脂抹粉的颜面。"这是说男女心里，总有一个妇女的影子。

女子是像猫一类的，你若太亲近她，她就要抓你；你若不注意她，她就要围着你转。

女子是虚荣的奴隶，男子是女子的奴隶。

女子因好奢侈而失身丧节的多；因求生活而失身丧节的少！

奢侈二字，能引诱一个女子到了堕落而不可救药的地步；能使一个男子，犯了人所不敢犯的罪。

男子的偏见，是由脑里生出来的，还可医治；女子的偏见，是由心中生出来的，决不能医治。

善人看不出女子有坏处，恶人看不出女子有好处。

德国格言说："一个人若有七个女儿，在一星期中，决没有安闲的日子。"

世间最少有的事，是两个美妇人，能彼此相爱且不因容貌彼此相妒！

何者使女子更愉快？是听人夸赞她好呢？是听人诽谤别的女子呢？

德国格言说："凡是女子，全爱镜子里头的那个女子。"

女子虽然是好买便宜的，然而男子若是太贱了，她也是看不到眼里。

古时的武士们，因为争一个女子，各拔随身的刀剑；现今的男子，为争一个女子，各抽银行的支票。

培里克里斯说："男子口里所常谈论的妇女，不论是善是恶，全是好的。"

女子对于事务，向来不加意考究，所以常被几句空话，

妄谈

诱到陷阱里。

男子选择女子，如同选择果品；当知最好看的，未必是最好吃的!

若是男子们，能够明白女子们心中所想的，他们对她们必要再加二十倍的谨慎。

矛盾性是女子的特点。愈是美妇人，矛盾性愈大!

佩特诺斯特说："女子的美目一盼，就能打破一切哲学。"

杰罗尔德说："女子全是一样的，她们当姑娘的时候，都是柔和得像乳脂一般；她们当了人妻之后，她们就要将脊背，靠在结婚的证书上，反抗你的。"

两性间的引力，是神秘不可测的，假若我们真能明白了这个问题，我们就仿佛得到人生的真谛了。

马克·奥佛尔说："女子的舌仅长三寸，但是能杀六尺的男子。"

女子的心比男子的心，跳动的速度快，她的舌也是如此。

男子与女子，全是说谎的。最大的分别，就是女子说谎，容易使人信!

女子有美色，就容易有幸福；男子有大志，就容易有幸福。

英国古语说："有时可将钱财，托付一个女子；有时可将一个男子，托付一个女子，但不可将这两样一起托付她。"

世间并无丑女子，只有那种不知如何表现美丽的!

多数的女子，喜美男子，爱富男子，嫁丑而贫的男子。

男子所最喜爱的，是女性的女子；最不喜爱的，是男性的女子!

男子大笑而无节制的时候，必是醉了；女子笑得有节制的时候，必是醉了。

任什么衣服全肯穿的女子，是最快乐的女子！

美妇人如同猛兽，是世间不可多有的。假若世间的妇人全是美人，世上的人类，早就要断绝了。

妇女如同最动人的小说，凡是一个男子，全愿意得几本。若是借来的，觉着更有趣。

女子只要容颜不退，就有快乐；男子只要自重之心不失，就有快乐。

女子若想得幸福：第一，须有宽宏的肚量；第二，须有一个相当的容貌；第三，须有一个有情的丈夫。第一样有了，第二样就不为难，第三样就随之而来。

愈被别的女子所嫉妒的女子，愈是快乐的女子！

古语说："秀才遇见兵，有理说不清。"男子遇见妇女，何当不是如此！

妇女多是绵性的，男子多是刚性的。以刚碰绵，刚的反多受损折。

男子对待妇女，最好是以绵来，以绵应。以刚来，也以绵应。她们的伎俩，就无处可施了！

世间动物之中，以雄的对雌的最卑贱。人为动物之一，又为万物之灵，所以男子对女子，格外的卑贱。

不知足是十个女人九个犯的毛病。

男子是女子生的，所以一离了女子，就觉得不自然。那种毅然决然远避女子的男子，不是被女子缠磨透了的，就是怕受女子缠磨的。

聪明的女子，对男子装糊涂；糊涂的女子，对男子显

聪明！

男子怨恨女子的心，是不能持久的。女子最能利用这个弱点！

嫉妒（吃醋）是女子最大的美德。愈是有情的女子，嫉妒性愈大。不知吃醋的女子，是最无情的，是最要不得的！

我国人称不嫉妒的女子为贤德。要知道这贤德二字，是一般喜纳妾、好外遇的男子们造出来的，是专门束缚女人的，是最不合人道的。我国自古以来的妇女，因为贪图贤德二字的美名，不知流了几百万缸眼泪！

对男子肯隐藏自己才能的女子，才是聪明贤德的。

世上的男子，若多是有情，世上就没有新妇女运动，更没有妇女职业问题。

与性质虚伪的女子相处，总要以真诚之道待她！

欲得女人的喜爱，第一先得有钱，学问品行，尚在其次！

被水溺死的男子少，被女子的眼泪溺死的男子多！

牙齿皓洁的女子，用不着你说什么滑稽的故事，她就能发笑。

没有牙齿或牙齿不好的妇女，看不出世上有什么可笑的事。

许多妇女如同法国人做的菜，仅仅是外面美观，细尝并不好吃！

世上的生物，是一物制一物。男子是生物中最厉害的，所以上帝特造女子，专门制服男子！

按寻常骂人无耻，总是说："不要脸。"据我想，骂缠足的妇女，应当说："不要脚。"骂新式的妇女应当说："不要腿。"

妇女耳中最爱听的，就是夸她的貌美。她生的纵然比嫫母、无盐还丑，她也觉你所说的话，并非言过其实。

妇女打扮得花枝招展，原意是为叫人看的；假若你不看她，她就疑惑你是瞎子；假若你注目地看她，她就疑惑你不存好心！

女子的心思善变，如同她们所穿的衣服。

詹姆斯说："男子注意的是吃什么，女子注意的是穿什么。"

妇女所穿的美丽衣服是用她的父亲，她的丈夫，或别的男子汉的眼泪做成的！

妇女的好看，全赖修饰。一个四十岁工于修饰的妇女，较一个二十岁不善修饰的妇女，还显年轻。

美丽的妇女，不过是如同一具金漆彩画的棺材，无论如何光艳照人，里面也不过是一把骨头。

一个妇女，宁愿她所不喜欢的男子想她年轻，对她献媚。也不愿她所喜欢的男子，想她年老，对她表示恭敬。

法国俗语："妇女的舌尖，就是她的刀；那把刀永远也不生锈，因为用得勤。"

又说："妇女的舌，永不守星期日。"（永不休息）

最可爱的妇女，是那种有许多要说的话，偏说不出来的！

英国格言说："两个女子，生一个舌尖就够了。"

又说："通地狱的大路，是用妇女的舌尖砌成的。"与《诗经》所说"妇有长舌，维厉之阶"和《女小儿语》所说"妇人口大舌长，男子家败人亡"均相等。

莫丹说："堵女子的口的妙法，是用接吻。"

妄谈

· 11 ·

妇女的衣饰，件件全能引动男子的心。古今中外的男子，甚至因为一只绣履，或是一只高跟鞋，招辱丧命的很多。

一个男子，信服妇女的心消灭了的时候，他的智识，必是增高了。

挪威的格言说："不要信妇女的心，妇女的心，如同旋转不停的车轮。"

有些男子们，因为将妇女的回答，当做她们的决心，因此就生出许多的错误。

马克·奥佛尔说："妇女的心，如同小儿的裤子，须要时常修补。"

妇女说话，除了说到自己的年龄，全好张大其辞！

矛盾是女子的天性，她生得愈美，矛盾性愈大！

项羽、拿破仑二人，平生不肯落眼泪；然而项王被困垓下，在虞姬的面前，竟泣不成声。拿皇被囚孤岛，想起约瑟芬来，竟落泪如雨。可见美人的魔力，就是英雄豪杰，也摆脱不开。

英国某学者说："死于战场的人少，死于裙下的人多。"

男子全怕张牙舞爪的老虎，不怕涂脂抹粉的老虎；见了兽中之虎，避之唯恐不速，见了人中之虎，亲之唯恐不近！

古语说："伴君如伴虎"，因为不知何时，就有性命的危险。我以为，接近美人也是如此。逢君主之怒可怕，被美人所爱更可怕。

明陆道威先生说："昔人云见利思义，见色亦当思义，则恶念自息。"据我看，见不应好之色，要思义，见可好之色，要借命。

又说："色之迷人，如水荡舟，当牢着舵，自不迷所向。"可见著名的理学家，也未尝不知色之可爱。不过贤者能"牢着舵"，众人见了色，便"把不着舵"，所以被色波所摧荡，而遭灭顶之祸的，前仆后继。

刘季善能将将，把一个战必胜、攻必取的韩信，玩弄得像一团棉花，然而竟不能驾驭一个吕后；他能对狼虎之秦革命，竟不能防他女人的淫行。以帝王之尊，居然戴上一顶绿头巾，他也无可奈何，可见妇女是最难对付的！

有人说"我国重男轻女"，其实，我国只是在法律上，在礼俗上，在口头上，重男轻女；在事实上，还是重女轻男。在家庭里，在政治上，明操大权，的固然是男子；但是暗操实权的，还是女子！

男子入戏园，多是注意舞台上女优及园中妇女的面貌；女子入戏园，多是注意台上女优及园中别的妇女所穿的衣服。

世上鲜艳美丽的颜色，全被妇女穿了；芳芬馥郁的东西，全被妇女用了。她们面貌，若是黑暗或有缺点，可以用脂粉遮盖，男子就不能加以掩饰。她们对男子亲近，男子多表欢迎；男子对她们亲近，她们反说男子轻薄。男子对她们，多是诚心原谅；她们对男子，多是吹毛求疵。男子供养女子，人皆视为应当；女子供养男子，人多视为非礼。谁说男女平等？

英国格莱斯顿说："保持妇女的原性，是妇女最大的美点。"近来男子日趋女化，女子日趋男化，未免是将两性相异的美点，全毁了！

世界愈文明，愈与貌丑的女子不利，愈与貌美的女子危险！

妄谈

　　讲社会公开与讲男女同学之先，须先讲道德。蔑弃道德的人，不配谈社交与同学的好处！

　　两性间，互相尊重，互相辅助，是男女平等；互相利用，以达个人欲望，那就谈不到平等！

　　女子一生最在乎的需要，是被人"要"！

　　什么是征求男友？就是寻野汉子！什么是征求女友！无非是招"干老婆"！

　　异性的朋友，按老话说，就是情人；按新话说，就是恋人；按英文说，就是心肝、甜心。这种结合，在外国也是不为正人所公认的，岂有大吹大擂登在报上征求之理？

　　有人指教我，征男友征女友就是征婚。我说：既是这样，何不痛痛快快的"征夫、征妻"。天下哪有同床共枕，颠鸾倒凤的朋友？

　　我见征求女友的告白，多是用留学生，在某机关供职，有若干收入为吸引女性的媒介。同时对他们，必以容貌端丽为条件。我敢断定应征者，必是苏秦他嫂嫂一类的女人；登告白者，必是吴起一类的男子！

　　在政治未上轨道的国里，男子愈是人格破产，愈能升官发财；在淫邪的社会中，女子愈是成了烂桃，滥得一塌糊涂，她的声价，愈是高大。然而他们与她们的前途，是不卜可知的。

　　在这是非难断的日子里，妇女若愿为一人的专利品，从一而终，就有人说她是腐化分子！假若她大开门户，人尽可夫，博施济众，为众人的玩弄品，反有人尊她为交际明星或社会之花。

　　能节俭，能不慕虚荣的女子，才是女中的英雄。

二八月中，正是母狗们，大出风头的日子。不分昼夜，到处招摇，跳舞追逐，滥施恋爱，任意向公狗们，龇牙瞪目，喜怒无常，狂吠低猇，流波送媚。公狗们为性欲所驱，无不大献温存，摇尾乞怜，俯首贴耳。母狗！母狗！可谓狗运亨通了！

二八月以后的母狗，时已过，境已迁，因无活动的余地，少不得退居狗窝之中，去行独身主义，度那寂寞生活，回首前尘，如同一梦。欲向公狗友，求一点餐余之食，也必被咬得皮破血流。及至生下一窝狗儿女，亦无一个狗父，肯来负教养之责。母狗！当初你的情狗虽多，而今安在哉？

我每逢看见二八月以后的母狗，就替滥交男友的浪漫女子抱无限的悲悯。然而年年有个二八月，人过青春无少年，可是母狗还有恢复往日的威权的时候！

公狗们决没有审美的观念，也决不会用金钱或势力，引诱异性。他们所发的情欲，是真诚的，是尽生命不绝的天职，并非为是取乐，或有所贪图！母狗虽是浪荡，它的结局——因为没有过去与未来两种思想——所以也比人类中没有正式丈夫的浪漫女子，好受得多！

不临财，全是谦士；不遇色，全是正人；不见危难，全是英雄；不见骨头，全是好狗。

妇女如同磁石，都有吸引力。所不同的，只是她们的吸力，有大小强弱之分。

有些美妇人，竟吸不住男子；有些不美的妇人，竟能将男子，吸得头晕眼迷，摆脱不开！

缠足的女人，穿上弓鞋，用脚跟走路；时髦的女子，穿

妄谈

· 15 ·

上高跟鞋，用脚趾行路。前者用后，后者用前，全是要使身体，失其平衡，以便左摇右摆，前后颤动，做出楚楚可怜之态，引逗男子们的好奇心！

旧式的女子，摧残两只脚，时髦的女子，苦待两条腿（两只脚在内），全是有心诱惑人，同为不自然的现象。

对待美而贫的妇女，要加一倍的谨慎；因为她的美色，能引诱别人，她的穷困，能引诱她自己。

英国罗斯金说："莎士比亚（Shakespeare）的作品中，只有英雌，并无英雄，他所以能永久不失文坛上的地位，也是在此。假若他一味的描写英雄，他早被打倒了。"罗斯金本是文学家兼美术家，我由他的评论推察，他更是心理学家。

湖南俗语说："小娘爱俏，冻得狗斗！"这句话是否可以成立，先要问问冬天的摩登女子。

好色者应以蜂蝶为师，他们能得花之益而无害于花。

男子一生多为妇女用心，妇女一生多为衣饰用心。

文墨人提起他的儿子，往往称"小犬"或"豚儿"。犬者狗也，豚者猪也。如此自谦，未免是自居为老犬老豚。然而说起他的女儿来，则用"小女"，决不比之为猪狗（有时称儿子也用"小儿"）。外人尊称人的女儿，则用"令爱"或"令千金"，于此可见我国是尊女轻男！

中外男子的衣饰，数十年一变，纵然变，也不过是宽窄长短之别；妇女的衣饰，一年数十变，甚至大变特变。妇女可谓衣饰革命者！

假革命，是革命者牺牲人民，自寻安乐，使人民苦恼。妇女的衣饰革命，是革命者牺牲自己身体上的安适，自寻苦恼。并且连累同类者，起而盲从，同寻苦恼。然而她们先牺牲自己，较任何革命者，还有伟大之精神！

俗语说："莫看新娘子上轿，要看老太太收成。"是说人生命运无常，富贵与容貌是靠不住的！我可改句话说："莫看风流女子们吃穿玩乐，要看她年老色衰时的收场结果！"

浪漫的女子，在年轻时快乐；贞静的女子，到年老时安逸。二者既不可得兼，女子们，还是在青春貌美时，守一点范围，少一点自由好！要知老年的苦，全是少年时种下的。少年时要多罪，老年时必少流些泪！

贞静的女子，到老年，虽不能尽得安逸；然而浪漫女子，决不能得良好结果。现在的因果报应太快，恐不到暮年，就要追悔不及了！这话不是迷信，也非老生常谈。每日报上所登的，就是前车之鉴！

面丑的女子，也有一件利益——她可以避免男子们的扰乱。

男子如猛兽，女子如绳索。一入了圈套，休想逃脱，纵有大力，也无所施用。能远避女子的，总能不被她所束缚。

女子如黏胶，男子如鹅毛。黏胶不用寻鹅毛，鹅毛就能于不知不觉之间，飘到黏胶上。

我最喜闻花的香气。有一次见了一朵极娇艳的花，连忙去闻，岂料被花里藏着的一个蜜蜂蜇了鼻子，自得那次教训之后，我看见美人，也惊心动魄了！

美人如同好书，应当落在学人才子手里；学人才子，知道书之所以可爱，知道如何去读，并且爱书如命，决不将书视为装饰品，决不将书认作玩物或救急物。他们对待美人，

妄谈

尤甚于爱书。

女子是世上的盐，世上若没有这种盐，人生就毫无滋味了！盐固然是提味不可少的，然而用时，要有节制！

在妇女的心目中，只有衣服的美恶，并无面貌的丑俊。

多数的妇女，对于人格的堕落，不如对衣饰的破旧为可耻。衣饰！衣饰！是引诱妇女的恶魔！古今中外无量数的妇女，全为衣饰毁了！

嫫母无盐，若有美好的衣饰，也敢见王嫱西子；王嫱西子若无美好的衣饰，反不敢见嫫母无盐！

妇女！妇女！不要妒羡某妇女孩子所穿戴的衣饰！你们先要详查她那衣饰，是用什么条件换来的。你们若真明白了来历，不但不嫉羡她，反要替她流眼泪了！

自社交公开之风起，成衣匠，洋裁缝，绸缎铺，绒呢庄，同卖化妆品的，增了无穷的收入；自女子职业之说起，这几项工商，无不嬉笑颜开；自跳舞之风兴，这几种工商（尤其是洋裁缝同绒呢庄），全大烧高香！

提倡妇女职业问题，应按照做事的才能，为先决的问题，不当以年貌为取舍的标准，否则即是以色用人，以色媚人！我见某处的女职员，与一切茶楼酒肆的女招待，我才知道，女子若愿谋职业，须先要请教"镜子"老先生，他是忠实的老同志，他能告诉你是否能谋到职业！

自人权之说兴，良善之人，成了鱼肉；自女权之说兴，妇女之身体，失了尊严；自女子财产问题出，老丑的女子，化为无业游民。古语说："有一利，即有一害"，实在是人生哲学！

美国称人尽可夫的女子为"理发馆的椅子（Barber's Chair）"，称好涂脂抹粉的女子为"招租的房子（House to Let）"。这两个称呼，实在是贴切有味！

女子与女子相交，较男子与男子相交，格外亲厚，可是决没有常性。出嫁之后，更不能继续交往，否则就要有一方受了嫌疑，成了仇人！

女子访已嫁人的女友，最好是少加修饰，否则交谊就要维持不住了！

同女子交往，你若不同她发生深切的关系，她终觉得对你有短处；你若同她有了某种关系，她终觉得你对她有短处。你的短处，纵然将身上的肉全割下来，也填补不满！

旧派的女子，涂脂抹粉；新派的女子，抹粉涂脂。旧派的女子出阁；新派的女子结婚。旧派的新娘子，坐花轿或骡车。新派的新娘子，坐马车或汽车。旧派的第一夜与男子接触，称洞房花烛；新派的称开始同居。旧派的女子妊娠，叫生男生女；新派的叫恋爱结晶。说来说去，也不过是那么一回事。何者为野蛮，何者为文明，我实在看不出来！

男子的权，是财；女子的权，是色。男无财，女无色，不但没有人权，简单地说，就算没有人格。这种不平，随着文明而增进！

旧派的女子，讲"三从四德"；摩登女子，讲"三纵四得"。三纵者：纵性，纵欲，纵身；四得者：得财，得势，得名，得男友。

女子欲提高女子的人格，只有四样办法：第一，须设法严禁纳妾；第二，须废除娼妓；第三，加重重婚罪；第四，

妄谈

禁止男子交女友。至于从政，从军，与男子争位置，全是不急之务！

男子中，有书呆子；女子中，绝无书呆子。女子若非有神经病，或生理上有缺点，绝不肯向故纸堆里求生活。

据我教书的经验，女子注意科学的少，注意文学的多；其中专注意于诗词歌赋的，以占四分之三。

向女子求爱，要时近时远，不可一味的热烈；女子向男子求爱，要似迎似拒，不可一味地容纳。不即不离，半推半就，是两性间吸收的途径。成婚以后，更当如是，以免发生破裂的悲剧！

男子若非看遍天下美人，我决不信他，能永远爱定一个女人。至于立志终生不二色的男子，他必是还未遇着更美的女子！

男子有财有势的日子，不愁无高朋满座；女子年轻貌美的时候，不愁无男友如云。前者，一朝财尽势衰，必致求为一普通小民，而不可能；后者，一旦年老色衰，必致求为一花子老婆，而不可得！

一般贪心无厌的男子，全以为世人皆有死，唯我永不死。一般狂交男友的女子，以为世人皆有老，唯我永不老。归终，前者害了别人，苦了自己，祸及子孙；后者便宜了别人，苦了自己，累及家庭。

女子是没有准主意的，可是打定主意之后，比男子格外坚决。

女人为"醋"而与男子争吵，是世上最有趣味的；为"钱"争吵，是世间最可厌的。

女子有美色，如同人有巨财，这两样，也可以说是福，也可以说是祸。财巨，则招小人垂涎；色美，则无论君子小人，全要垂涎。英谚说："美色引盗甚于黄金。"财多了虽能是祸，人人全愿发大财，并且求而不厌其多。色美了虽能引盗，女子全愿有丽色，并且竭力进益其美。这两样思想，既然去不掉，世上焉有安宁的日子！

《易经》上说："冶容诲淫。"英谚云："女子与樱桃因色而得祸。"古今中外的女子，因好修饰而失节丧命的，难以数计。

近来有一些文明的男子，若有人称他为某某先生，他就以为不爱听；呼他密斯特（Mr.）某某，他才觉着痛快。近来有一些维新的女子，若有人呼她为某某小姐或某某太太，她也以为不入耳，必得呼她"密斯（Miss）某某"或"密斯（Mrs.）某某"，她才觉着舒服。假如他们或她们，有外国名字，若再用那外国名字称呼他们或她们，更是乐得手舞足蹈、欣喜若狂。

世上若无女子，男子的生活，实在是干燥乏味；世上若无男子，女子的生活，也是寂寞无聊。所以上天生了男，又生了女。男女并生，是调解干燥，慰藉无聊。禽兽之牝牡相偶，雌雄互配，也是如此。

青年的男子爱财，多是送给女子（或有穿在身上，或吃在肚里）；青年的女子爱财，是穿在身上；老年的男子爱财，是孝敬女子，或遗给儿孙；老年的女子爱财，是锁在柜里。实在说起来，还是年老的女子有阅历！

妇女们的衣饰打扮，全是为迎合男子们一时的喜好而起

妄
谈

的。当初的穿耳缠足，与现在的光腿，露臂，烫发，束胸，都是一理。至于是否合乎卫生，她们决不注意。假若男子们，非瘸腿的不娶，非驼背的不要，我不知她们又当如何对付？我不恨盲从的，我独恨作俑的！

我国人，称丈夫喜听女子的话，为喜听枕边之言。英国称喜听帐中说法。枕上与帐中，原没有什么秘密，但是添上一个女子，尤其是美貌的女人，立刻就增了无边的魔力。任凭你是天大的英雄，到了这个地方，也无法称雄。任凭你尊为一个国的首领，到了这个地方，也是胸无主见。因为这是女子的势力范围，你决难反客为主。你纵能恃强叫横于一时，也不过如同外族的势力，侵入中国领土的一般，不久也被同化了！

我听说某机关，有四位女办事员，其中有一位极能办事，可是因面貌不美，竟被开除了！某当局既不是要娶妻，何必如此认真，我不禁为有才无貌而欲求职业的女子们痛哭！

美丽的妇女，到处能受欢迎，到处能占便宜。在电车上，或娱乐场所，得男子让给座位的，多是青年貌美的！就是女丐，若面貌可爱，也能得意外的施舍。但我游踪几遍全国，就未曾遇到一个美妇人讨饭的！

英国皇家杂志登了一段小品文字，说："某大学校，通伦敦城有一条铁路，来往的多是那大学的学员。有一天人数众多，非常拥挤，有一位老者上车，费了许多好话，竟得不着半个座位，遂蹒蹒跚跚地下去了。少时上来一个青春貌美的女子，车中人，全都争先让座，唯恐她不赏光。她得着之后，立时向车窗外，喊了一声'祖父！'方才失败的老者，就上来赶紧坐下了。那女子对车中人，嫣然一笑，道了一声'谢谢'，立时下车而去！那些大学生，全都悔恨交加，然而也不好再说别的了。"我不怪那些大学生，我独佩服那位老者，善能利用青年人的心理。

世上可怕的，不是拥兵百万的军阀，也不是狼心虎性的土匪，乃是千娇百媚，工颦善笑，弱不胜衣的女子。军阀盗匪，只能害人的性命；荡妇娇娃，则能灭人的灵魂！死于军阀盗匪，尚觉九泉抱恨，有所不甘；死于美人，则觉死有余幸，死亦甘心！

英国查特顿说："世上最快乐的国家，是那没有历史的。也可以说是那没有妇女的。"我看他那第二句话，有点过激。没有妇人，焉有人类？没有人类，焉有国家？可以改一句说："最快乐的国家，是那少有恶妇的。"

唐武后当国二十一年，能驾驭群臣，能慑服人心，能纳人忠谏，能对外用兵，能选用贤才，能罢免庸吏，能使百姓安居乐业，能使国家不失寸土。她的才能，较英国女王伊丽莎白更有过之而无不及，至于那宋朝的宣仁太后等类似的好妇人，更不必谈了。谁说我中国妇女，无治国之才？

我国记载男女的数目，总是写男多少名，女多少口。我不知是什么来源？我国的惯例，称马之多少为匹，牛为头，犬为条，鸡为只，唯独对猪则称口，妇女之多少也称口，与猪一样地计算，未免是侮辱她们了！按《孟子》说，口字并不分男女，为何现今，偏用在妇女的身上呢？

有人说："我国旧式的妇女，没有知识，不知爱国。"我驳他说："无论新式旧式的女子，全知爱国，不过她们所爱

的国不同；旧式的女子爱本国，新式的女子爱外国。你若不信，就请注意她们的装饰，究竟哪一派的女子，替外国人销货多！"

假若一个男子对他朋友说："女子在德，不在貌。"不是他朋友的女人丑陋，就是他的女人不美！

明陈继儒先生说："男子有德便是才，女子无才便是德。"那才字不作学问讲。我国一般腐儒，竟以为不使女子读书，便是养德的良法，实在是错误了！不读书的女子，未必有德；读书的，未必无德。德之有无，在天性，在习染，不在读书与不读书，要知"善人读书愈善，恶人读书愈恶"。俗谚说"沿街跑的贞节女，柜里锁的养汉精"即是这个道理！

汉高祖虽能于五年之间，取得天下；然而数十年间，竟不能制一女人（吕后）。可见驾驭一些雄威猛将，较对付一个荏弱女子，不容易！

自己冰清玉洁，纵然坐在娼妓群里，若不卖淫，也不失为烈女贞妇，何必怕人议论？自己行端履正，纵然处在贼盗群中，若不偷窃，也不失为正人君子，何必怕人指责？假若卖淫还要防娼妓的名字，偷窃还要避盗贼的称呼，那就是欲盖弥彰，心劳日拙了！

自从欧风东渐，我国的维新，就如同《后汉书》所说的："城中好高髻，四方高一尺；城中好广眉，四方且半额；城中好大袖，四方全匹帛。"信效的程度，总要超过原来的范围。试以文字而论，就有一点过了火。譬如他字，英文分 he， him，she，her。原是为表出两性来，使听者读者，易于明了。我国新文学家，造出一个她字，表明所说的人，是一个女人。用在白话文里，尚觉有趣。至于你字，英文中只有"you"字，并无阴阳之别，男女之分。因为彼此谈话，或互相通信，谁也不知谁是男的，谁是女的，不必再把性的区别，表示出来。想不到，我国一些维新改良的男子，与他的女人或情人通信（白话信），居然将你字，改为"妳"字，未免是画蛇添足；假若依此类推，将来的男子自称，必要用"俄"字或"俉"字；女子自称，必当用"娥"字或"媉"字了！

《女国漫游记》（Rambles in Woman Land）上说："上帝造出美人来，是要使男子们相信他'上帝'是万能的！"

又说："男子生来无论如何完美，也不过是如同一块未琢磨的宝石，非经妇女的柔荑之手，琢磨一番，不能达到完善的地步。"

有人向我说："对待妇女最好是用'兵法'。"我回答说："兵法不外抚士贵诚，制敌尚诈与虚者实之，实者虚之，虚虚实实，神而明之，存乎其人等等的印板话。然而对待她们，比应付强顽的敌人还要难上加难。用诚用诈，用实用虚，有时全不中用，结果还要'弃甲曳兵'而走，成了她们手下的败将，最好是利用孔子那句话：'警鬼神而远之！'"

男子听了人的话，多由左耳入，右耳出；女子听了人的话，由两耳入，一口出。

交际场不过是一个赛衣饰赛容貌的展览会！有财无貌的妇女，不必去；无貌无财的妇女，更不必去；有貌无财的妇女，尤不可去！

妄谈

一切的娱乐场所，全是为少数的人准备的，是贵族式的，与多数的平民，无少益而有大害！贫苦的男女进去，招人讥笑事小，习染奢侈事大！习染奢侈，即是堕落的第一步！

世界愈文明，人格愈堕落，拜金主义与拜色主义愈发达，将来贫穷的男子，与丑陋的女子，必归天然淘汰！此之谓优胜劣败，这就是文明进化！

男子有财有势，到处能受欢迎；女子有美色，也是如此。至于学问道德，也不过是附属品，有无均可。然而财势，是可以用人力谋求的，美色是天生长就的；可见女子生活一世，较比男子更难些！

懒惰的男子，耳最软；懒惰的妇女，舌最长。换一句话说，懒惰的女子的舌头，决不懒；懒惰的男子的耳朵，最无用！

某某报上，有一件征求女友的广告，上面有："欲征求年在二十内外的女士，只以高尚娱乐，谈论文艺为限。"可见现在的"柳下惠"与"贞节女"真是不可胜数！

我不是正人君子，我惯以小人之心，度君子之腹。我相信男女，只能成夫妇，不能交朋友。因为这种举动，是不合情理，不近人情！青年男女，果能纯洁相交，那么，饥猫也可以不吃老鼠了！

我奉劝爱交女友的男子，对女友千万不可存"黄鼠狼给鸡拜年"的心理，你若不想同她结婚，最好是不与她相交，否则即是背叛道德。道德到现在'固然是不值半文钱，然而良心上'总要过得去！

妇女羞耻的观念，高于一切男子；然而若到了不要面皮的时候，她的言语动作，比较任何卑污的男子，还要下流十倍！

英国格言说："爱笑的女子，容易下手；贪便宜的女子，容易上钩。"

女子若不愿入男子的圈套，最好是对他们冷若冰霜，一芥不取！

金钱能买真美人，而不能买真爱情；真爱情是无价之宝。

除了强奸以外，男女若发生深切关系，追源祸始，女子是主犯的多。

女子吸引男子的能力大，男子引动女子的能力小；女子若端重沉静，男子绝不敢放肆轻薄！

美花未必全有好的气味，并且多半有毒，是不可轻易尝试的；美人也是如此，是不可轻易亲近的！

真美人无须调脂弄粉；真名士绝不故意矫情！

恶妇可怕，淫妇可怕，贪妇更可怕。恶妇能逼死你，淫妇能迷死你，贪妇能气死你。恶妇淫妇，有时还有爱情可言；贪妇只喜金钱，并不知爱情是什么东西！

同一汗也，出在女子身上，就称之为香汗；出在男子身上，就称之为臭汗。我国恭维女子，惯能锦上添花。假若依此类推，凡女子身体里排泄出来的一切东西，当无一不香了！我国何尝重男轻女！

俗语说："男看女，先看头，慢看脚；女看男，先看脚，慢看头。"不但中国如此，外国也是这样。

妇女在二十至三十岁之间最有趣，二十岁以前，她竭力充老；三十岁以后，她竭力充少。

妄
谈

· 27 ·

英国《好伙伴》杂志说："一个女子若在众女子中间，失去了威权，必是在某一个男子身上，得着威权了。"

人说：现在是我国女子解放时代。我看：现在是我国女子最危险时代。不信请你到关外与各处租界调查调查去，究竟她们是为什么，入了人间地狱？

日本古语说："美人之精神在镜；武士之精神在刀。"我极怕这两样人有精神，他们一长精神，就与人命不利。欲保人生与社会的安宁，最好是取消镜与刀这两种东西。

明明是流娼，偏说是交际明星；明明是活春宫，偏说是曲线美；明明是打爹骂娘，偏说是家庭革命。许多恶劣的行为，全被好的名目掩护住了！

女子天生的毛病，多是喜欢奉承，贪小便宜。中外的男子，多是利用拍马屁，灌米汤，装老实，献殷勤，四种虚伪的手段，以达他们的欲望！

中外有以性命或金钱交朋友的，决无以身体交朋友的。我劝特别时髦的女子，要珍重玉体，不可任意布施。

西国社交，早已公开，世代相传。男子们的诡诈手段早已被女子们阅历过了，所以上当的少；我国妇女，乍得解放，初入社会，所以受骗的多。要知男子对妇女接近，有几个不是存着欲望的心理！

有人对我说："有女招待的饭馆，饭菜多半不堪入口。"我回答说："古人曾说过，'秀色可餐'，又说，'秀色疗饥'。秀色既然可餐，又可疗饥，菜饭的好坏，又有什么关系？你没听平津的下流人说'吃女招待吗'？"

现在的饭馆子，无不争先恐后地增添女招待，据说是提倡妇女职业。我国买生卖熟的商人，全能有了这种思想，岂不可贺！经我详加调查之后，我才恍然大悟，所谓提倡妇女职业那句冠冕堂皇的话，是专指美丽的妇女而言！

青年妇女，喜爱活泼的男子；中年妇女，喜爱有权势的男子；老年妇女，喜爱能赚钱的男子。无论何种妇女，决不喜爱终日埋头书案，不事生产的书呆子！

世上有两种怪物——不爱女性的男子，不爱男性的女人。

男子幼小的时候，是母亲的玩物；长大了的时候，是女人的玩物，一生也脱不出妇女的势力范围。

最时髦的妇女，骂旧式的女人为玩物，旧式的骂新式的为玩物，究竟她们两派中，哪一派名副其实，真令人不敢断语。

女子是世上的可怜人。无论世界文明到了什么地步，她们也不像男子那样行动自如，加以生育乳养的苦楚，更是一言难尽。不但人类如此，就是禽兽虫鱼，也是以雌的为最可怜！

有用强制的行为加于女子，以饱他欲望的男子；决无用强制行为，加于男子，以饱她欲望的女子。可见女子是弱者，可男子最无礼。至于某英雌所言，她曾经强奸了七十几个童男子，也不过是反面的宣传。

禽兽虫鱼，全是雄的有美色或美声，用以引动雌的。除了天然的色与声而外，再无能为。在人类中，这两种特点全被女的占去了！何况再加上一分人工修饰呢？又何怪男子们，被她们引动得神魂颠倒呢？

《伦敦邮报》（London Mail）说："女人是图画。你只可以

妄谈

看，不可以听。"

妇女的悲哀，如同夏天的暴雨，来得猛，散得快。

英国伍兹说："妇人在青年的时候，爱丈夫；中年的时候，爱成衣匠（好穿衣服）；老年的时候，爱她自己。"

男子有两种快乐：一是心中时时刻刻存着一个妇女；一是心中毫无一个妇女！

皮尼洛说："假若一个男子，能使六个女子，对他注意五分钟，他那能力，足可使全院的议员，对他注意一小时。"

凭项羽那种性质，那种相貌，真令人不敢亲近，然而竟有虞姬，做他的知己。古语说："得一知己，死而无憾。"男子中的知己本不易得，何况女子中的美人呢？老项真是千古的幸运儿。刘邦虽能享九五之尊，也不过是一个苦小子！

美人如河豚鱼，男子虽然知道，吃多了或不会吃必死，然而全是死了甘心，拼命争食！

骨瘦如柴的穷公狗，决没有别的狗讥笑他；缺皮无毛的老母狗，也是有公狗和他讲恋爱。可见狗的社会，比人的社会容易对付！

中外各国记述美人，多是如同神龙见首不见尾；因为若说出她们老年的情形来，实在能减人精神，未免是味同嚼蜡。我国史书中，唯独对于武曌，还说她到七十岁，重生新牙，不觉衰老。对于夏姬，还说她年逾七十，而鸡皮少三，且能与巫臣苟合，再生一女。她们两人到老，纵然还能以色惑人，也不过是回光反照而已。书中叙述得虽好，也不足动阅者的兴味。古人说："好花看到半开时。"也是这个道理。

美国《小说月报》说："一个女人到有人称她祖母的时候，

那才是老了；一个男子到了有青年妇女称他'冤大头'（Sugar Papa）的时候，那才是老了。"

真能得女人喜悦的男子，是那种虽然不在她面前，也能使她时刻不忘的。

十个男子，有九个半对女子是贱骨头。女人对他们，万不可视如神圣，要知他们，不论多有权威，多有学问，见了女人，也不过是要变成一个大孩子。古今中外，能操纵男子的女子，全是利用他们的这种缺点，女人若是对他们，毕恭毕敬，假充道学，就是自掘坟墓！

美貌的女子能吸引男子，唯独有手段的女子，始能吸住男子。

美人着破衣，必招人怜惜；男子着破衣，必被人轻视。

戴假面具的人，最当严防。然而个个男子，全喜欢戴面具的女子，她愈失了真面目，愈能使男子们如疯如狂。

女子增加一种修饰或一种能为，男子对女子，就增一份要求。当初，姑娘缠足，以后男子选妻，就注重小脚。今日女子，谋求职业，此后男子选妻，就注重女子的技能，名目上是提高女子的人格，实际上是给女子多添了一分苦恼！

女子是极端主义者：她们守旧比男子顽固，维新较男子盲从！

英谚说："男子固然不以衣服为重，但千万不可穿破衣去谋事。"可见男子穿好衣服，可以增高身价；女子穿衣服，不过徒增美丽而已。

美女子要想独立，必办不到，因为要扶助她的人太多；丑女子要想独立，更办不到，因为肯用她的人太少！

妄谈

数年前，我在北平某教会学校教英文的时候，某次由美国教会，派来五位立志教书的洋密司到校教书，教了不到半年，仅剩下一貌丑密司，其余四位，全都各教一个人（丈夫）去了，可见俗语说"好货剩不下"是不错的。外国女子有了如意的丈夫，也是不愿谋求职业的。

人类中有美丑之分，有贫富之别，有强弱之殊，有贵贱之差，人类永远不能平等。若人人在法律上能平等，那就是真平等了。何必口是心非，高谈阔论！

有人问我："为什么现在一些贵族化的摩登男女，全大喊到民间去？"我说："因为他们如同败家子，如同微生物，他们即将城市中的愚人，传染坏了；若不再去传染乡间的愚民，他们怎能甘心？"

男子不守贞操，必致染受恶疾，累及妻子，传及子孙；女子不守贞操，必致破毁家庭的幸福，扰乱社会的安宁！

女子的普通性：若有一千件好衣服，恨不能一天全穿出去！

女子的心是静的，她们所以终日东跑西遛，不过是被几件好衣服驱使的！

世上若无男子，女子决不擦脂抹粉；女子之所以爱美，是因为男子爱美！

中国古语说："女子失贞，天翻地覆。"与希腊大贤苏格拉底（Socrates）说："失了贞操的女子，无罪不敢犯。"全是一个道理。

对女人要温存，不可太温存；要疼爱，不可太疼爱；要亲近，不可太亲近！

从来男"著作家"中，少有官吏；女"著作家"中，决无美人；他们决没有余暇，作这种无聊的傻事！

在野蛮时代，美人操纵英雄；在文明时代，英雄被美人操纵！

封建时代，最轻视女子，然而竟有女皇帝；民主国中，最尊重女子，反无女总统！

男子见了美人，不愿看的，必是瞎子；屡屡看的，必是愚人；看了之后，不动妄念的，才是智者。

男子欲得女子的欢喜，第一须要养成赚钱的本领；至于穿洋装，擦雪花膏，点红唇，留背头，打球，赛跑，跳舞，溜冰，全不是根本的办法。

男作女装，必遭官方的干涉，说他伤风败俗。现在竟有些女子日作男装，反无人指正！

打倒贞操的问题，也有一种好处，因为养了女儿，在她未嫁之前，可以省去许多的恐惧。

英雄与美人的声名，以所害的人数为断，害的人愈多，声名愈大！

女子遇患难而哭，能动人的怜惜；男子遇患难而哭，必招人讥笑。因为哭是女子的专利品。

我一见交际明星，我替她的老境大抱悲观；我一见强横的要人，就替他的前途大生恐惧！

年老的美人，与失败的伟人，有同样的感想——恨不能再回复往日的威权。但是伟人遇机，还可死灰复燃；美人一老，便灰飞烟灭。

妄谈

男子骗女子，十个骗半个；女子骗男子，十个骗十个！

女人是男子的照妖镜，无论如何善于装模作样的男子，经她们美目一照，立时就神经错乱，现了原形！历史中这种前例，数不胜数，记不胜记！

女子是烈火，男子是干柴；女子是肥鼠，男子是馋猫！

女子如同吗啡鸦片，是安神止痛兴奋的药品，只可偶然一用；若不知节制，轻则败家，重则丧命！

女子生得愈美，修饰得愈快；打扮半日，才离妆台的，必不是真美人。

明娼的恶制，始于管子剜肉补疮的政策，管子实在是人道的蟊贼。

娼妓的制度，不但污辱女性，并且招起男子轻视妇女的恶心，此外更能提倡奢侈。俗语说："贫学富，富学娼。"欲劝女子俭朴，不可不扫除娼妓！

我最痛恨龟鸨，他们能将好女子的天性，教练没了，而变为娼妓；我最痛恨军阀；他们能将好乡民的天性，教练没了，而化成土匪。欲除娼妓，先诛龟鸨；欲灭土匪，先灭军阀！

有人说："禁娼与城市的繁荣有关。"我看只能与城市增加危险，正是饮鸩止渴。曾国藩平定南京，利用娼妓，兴复市面，实在是他的大罪！

有人说："禁止明娼，必增暗娼。"我说暗娼决不敢明目张胆，招蜂引蝶，逛暗娼的，也不敢呼朋引类，任意放纵！

上帝当初造了男子之后，用他的神意一断，知道男子是不易管教的一种东西，所以上帝又用尽心力，细加工，造了女子，造成一看，就说："有替我行使职权的了！"

什么叫环境所迫？好女子饿死，决不为娼；什么叫环境不良？好男儿饿死，决不为贼！

有人说："禁娼须先提倡女子职业。"我说："娼妓多是由幼小被龟鸨教练坏了的一些女子，如同当了土匪，纵有职业，也少有能安心去做的！人的习性，全是好逸恶劳，既然做惯了容易的生活，养成奢侈的心理，谁肯舍易趋难？"

为吃饭而为娼为盗的少，为奢侈而为娼为盗的多！

解放与放荡的区别，如同狗与狼的区别，形式略同，性质大异。一则与人有益，一则与人有害，要当细加考究，不可误认！

男子的学问愈大，愈易遭女子的玩弄，愈易被女子所轻视；女子的学问愈大，愈不能驾驭男子，并且男子愈不敢亲近。

只要女子有不用劳力，而能生财的特点，女权永不能提高！只要女子修饰容貌的心，胜过追求学问的心，女权永不能提高！

女子的头，多是用"磁石"做的；男子的头，多是用"铁"做的。她们的头愈美，吸力愈大。一个美人走过之后，男子多回头观看，就是证据。

脂粉，眼泪，是女子的武器；金钱，势力，是男子的武器；男女间的战争，不可缺乏这四种东西。

钓美人，以金钱为饵；钓英雄，以美人为饵。然而有不爱金钱的美人，决无不爱美人的英雄！

朱熹说："闺门之内，须肃若朝廷。"实在是强人所难；张敞说："闺门之内，夫妻之私，有甚于书眉者。"才是实话

妄谈

实说。

陆道威先生说："闺门之中，最难是敬字。"敬是不敢放肆的意思，可见他这话是极有阅历。

女子滥交男友，固然是个人的自由，然而须防备始乱终弃的苦恼！

女子不动心就能应酬男子，男子不动心决不能应酬女子。女子既有这种良能，莫怪男子受女子的欺骗！

肯为自己前途想的女子，决不滥交男友；肯重视妇女的人权的女子，决不为男子的临时夫人！

所谓征女友者，不过是包暗娼的别名，既可防花柳病的传染，又可避免寻花问柳的声名。这种人反以文明自居，反说尊重妇女，我只以为是"大爷有钱，女子肉贱"。

据我调查，现今街上，揽腕抱腰，招摇而过的青年男女，仅有二十分之一，是正式夫妻；并且这种正式的夫妻，也多是有时间性的！

有些被人始乱终弃的女子，在报上投稿，骂中国社会不良，环境恶劣；岂知全是咎由自取，自作自受！

现今一些高谈恋爱的青年男女，全因有了孝顺的父兄，先替他们（她们）填饱了肚子，万不可错看他们是多情的先知先觉！

女子男化，是自绝于正人；男子女化，是自绝于贤女。

妇女对于光阴，多是不知爱惜的，有时她们因为出门半小时，竟肯费三小时打扮；因为接见亲友五分钟，竟肯费六十分钟修饰。至于在修饰打扮之前，所耗于计划如何修饰打扮的光阴，尚不在内！

无情的女子，是世间的怪物，必为家庭的祸水。因为女子是最富于情的！

无情的男子，是世间的恶物，必为人道之蟊贼。因为情即是不忍之心！

猫一生的光阴，睡眠要占去四分之二；修容要占去四分之一；其余的四分之一，是它清醒与活动的时间。

都市中的妇女一生的光阴，平均合计，睡眠占去四分之一；修饰打扮占去四分之一；思虑、哭笑、争吵，占去四分之一；其余的四分之一的光阴，是害病与活动的时间。

朱子说："肯为别人想，是第一等学问。"若男不肯为女想，女不肯为男想，子女不肯为父母想，官不肯为民想，只谋自己的幸福，而使他们陷于悲惨的境遇，纵然留学八百国，读尽五车书，深通马克思（H.Karl Marx），熟习易卜生（Henrik Ibsen），也是一个不通的人！

摩登女子时常说："受男子的压迫。"这"压""迫"二字，实在不妥！

据现状推断，与其说"提倡妇女职业"不如改为"提倡年轻美貌的妇女的职业"，方觉名实相符。

女子愿得男子的亲爱，不愿得男子的恭敬；男子对女子的心愿，也是如此。因为亲爱是实惠，恭敬是虚荣。

有人说："现在时髦女子，露的肉多，可以减省衣料。"我说："露出的肉多，擦的粉多；露臂擦臂，露腿擦腿；露到何处，粉就擦到何处。结果，粉的消耗，将与衣价相等，或高过几倍！"

老式的妇女，每日擦粉一次，其中爱美的，到黄昏再擦

一次。摩登妇女，一日扑粉几十次，然而她们偏说，老式妇女甘作玩物。

女子"奢侈"化，男子也不能不随着前进。我读元明末年的历史，再看目下我国摩登妇女的现状，常存亡国的恐惧！

住在城市的人，虽不能如古时的男耕女织，也不当像今日的男游女荡！

我国人民现状，实在可笑，有些乡间的男女，还度十五世纪的生活；有些摩登的男女，已经超过二十三世纪了！可谓："新的太新，旧的太旧。"

阻男子进步的是钱，阻女子进步的是色！

男子不讲人格，亡国灭种；女子不重贞操，天翻地覆！

真爱国的伟人，必不容外力侵入；真自爱的女子，必不容外势侵入。

人尽可夫，不是提高女权；朝秦暮楚，不是真正解放。

大开门户、任人交通的邦国，必是弱国；大行布施，送往迎来的女子，必是贱货！

日日不离绣房，坐吃闲饭的女子，可怜；天天串饭店，寻求野食的女子，可恨！

据我误人子弟多年的经验：凡天天上堂听讲，时时追求学术的学生，是男必穷，是女必丑；因为这两种人，全是没有仗恃的。

男对女，精疲力竭，是他当尽的义务；女对男，若稍加体贴，就是她格外的恩典。

提倡女子职业的男子，若肯用老而且丑的女子，才是名符其实；若以年龄面貌为取舍的标准，莫如打倒提倡女子职业的口号！

丑女子如同无产的男子，容易养成暴烈的习性；美女子如同富家的子弟，容易养成放荡的嗜好。

丑女虽无人愿娶，然而有钱的丑女，一个也剩不下。因为她们的钱并不丑。

良家的妇女，多骂娼妓引诱男子，但是她们的衣饰，多是以娼妓的衣饰为模范！

处妇女之道，若敬而远之，她对你更亲更热；若亲而近之，她对你必冷必疏。

女子与女子，不易结团体，其中若加上一个男子，则更不能结团体。

女子对你发言，圈子愈绕得大，小注愈加得多，愈是对你有情意。假若她对你直截了当，斩钢截铁，你须多加小心！

丑女与丑女，可以相交；富女与贫女，可以相交；丑女与美女，有时也可以相交；唯美女与美女，永不能相交！

社会公开，易使妇女多置几件衣服，多费些脂粉，多用些香水，多耗些精神，多增些烦恼，多生些闷气，多招些灾病，多受些议论，多得些批评！

小孩子全喜欢妇女的戏弄，不喜欢得她们的恭敬。男子不过是长大了的孩子，妇女若想得男子的欢喜，就拿他们当孩子待！

男子变心，还挽得回来；女子变心，则无术可治。

现今的美人，始有女权；现今的要人，始有人权。

得罪了朋友，还有复交的日子；得罪了朋友的妻，你同你朋友的友谊，就到了尽头了！

男女之事，愈不易接近，愈有趣味；社交极端公开之后，男女引吸之力，必日渐缩减。

俗语说："远看女人，近看花"，是指着看别人的女人说的。若自己的女人，愈近看，愈美！

据我的观察：所谓尊重女权者，不过是尊重女人的貌而已！

自从社交公开，与男女增添了许多方便，与旅馆饭店，增添了许多特别的收入；然而妓院，实受了极大的影响。人说这是废娼的先兆，我以为这是"娼化"的流行！

男子爱女人，仅注意外表（面貌），不注意内容（学问）。所以由大学毕业或留过学的女子，操纵男子，反不敌一个目不识丁的乡下姑娘！

面貌是女子的选举权与被选举权。

在娼寮中，寻贤良的女子，难于在山林里找驯良的豺狼！

男女之间，愈神秘愈好。愈神秘，愈能动人的幻想，愈能增加兴味。假若打倒衣服，赤裸往来，自身相对，反要减少了两性间的吸力！

妇德坏而罗马亡，自古以来，国家兴灭，少有不以女子的人格堕落与否为断的。

惯听女人的话，是太糊涂；轻视女人的话，也不聪明。

女子的话，有时你当从反面听，她说恨你，正是爱你；她说不愿再见你，那是离不开你了。

有"名"的男子，多是骗子；有"名"的女子，多是荡妇。

近来报上常载女子来函，有人说，那全是报社的编辑先生们伪造的。其实真伪极容易看出来，假若是女子写的，前后必有许多不必说的客气话！

姑娘较妇人多客气，因为是少阅历；妇人较姑娘少客气，因为她吃过客气的亏了。

近来报上，登载妇女在街上乘人力车翻倒的新闻，必要加上"两脚朝天"四字。男子翻车则不加这样的点缀。实在是一种不道德的记述，里边隐含着许多恶意！

男子是他所喜爱的女人的奴隶，是他所不喜爱的女人的主人。

某医生说，接吻有种种的害处，最容易传染疾病。有人问他为什么他常同女子接吻？他说她们的口，全是经他消过毒的！

好嫖的人，不是喜爱妓女，他们是以为妓女喜爱他们。他们若在未嫖以前，引镜自照，妓女就立刻大受影响。

天下的乌鸦一般黑，天下的妇女是一个心理。你若明白了中国妇女的心理，外国妇女心理，就不问可知。你若能得中国妇女欢喜，你应付外国妇女，也必能得她们的欢心。

个个女人，全自认为是最美丽的，只是缺乏好的装饰。

有人问我："对女招待改称女店员，有什么意见？"我回答说："先要正实不必正名，否则，即改称女祖宗，也提高不了她们的身份。"

女子讲社交，最得利益的是绸缎商、成衣匠与卖化妆品的人！至于"互换知识"一句话，不过是好听。

苗族的跳舞（俗称跳月）最有价值，最为纯洁，因为他们是为使青年男女结成婚姻，并不是纯为男女互相磨擦着取

妄
谈

乐。

我所最痛心的是，甘愿应征而为"女友"为"伴侣"的女子，多是受过教育的！

在不开化的时代，男子追求女子；在开化的时候，女子追求男子。世界愈进化，女子愈失了尊严，男子愈得其所哉！

非有狠心的男子，不肯嫖娼妓；非有狠心男子，不肯征女友。征"女友"征"女伴"的恶风，是主张解放妇女、提高女权以后，才由中国人发明的。在洋报上，我只见有征妻或征夫的，可见中国人，若文明起来总要过度。

美人的妆台，实在比文人的书案有价值；美人的一笑，实在较文人费一斗心血所作的文章更有价值。

在从前。男子以女子为玩物，是在家里玩；现在以女人为神圣，反在街上玩了！

美人的专制，甚于暴君的专制。人对于暴君，是不敢不服从；对于美人，是不忍不服从。不敢不服从或有反抗的可能；不忍不服从，只有鞠躬尽瘁。

日事游荡的妇女，见着村女乡妇，惯加讥笑；我不知究竟她们谁可笑？

男女之间，不可一味的顺从；无论什么事，有时用一些反抗的表示，才能格外发生兴趣。

旧式的女子，脚愈小，愈是聪明的；摩登的女子，鞋跟愈高，愈是聪明的；愈是聪明的女子，愈肯苦害自己的肢体。

美而且贤的女子，是世上的无价之宝；只可惜太少，更可惜个个女子，全自以为是又贤又美。

女子若能将《聊斋》里那篇"恒娘"熟读一遍检练揣摩，

神而明之，必能将男子玩弄得神魂颠倒，心服口服；较比熟读几大本《男子心理学》还能得实效。

十个女子，九个矛盾；所以她们最不喜爱矛盾性的男子。换一句话说，男子若没有坚决的意志，决不能战胜女子的心。

女子的记忆力，较男子的格外坚强，只可惜她们专能牢记男子的坏处，易忘男子的好处。在十年前，你若骂过她一句，她也忘不掉；在十分钟前，你虽对她磕了一千次头，她也不记得。

愈是美丽的女子，疑念愈大，她们总以为男子们对她们不安好心；有钱的男子对人交往也是如此。

世上唯中国人最能利用好听的话装饰门面，明明是斗不过女子，反要说："好男不同女斗，好鸡不同狗斗！"

"柔媚"是女子的美点；"刚勇"是男子的美点。刚勇的女子与柔媚的男子，是反乎自然的可厌之物。

男子怎样才可以不被女子所愚？不迷！女子怎样才可以不受男子之骗？不荡！

两性所以能互相吸引，就是因为所赋的天性不同。人若竭力同化这两种天性，即是与自然背道而驰，不但减少男女的爱情，必致劳而无功，两败俱伤！

有人问我，进化到了极点，女子要达到一个什么结局？我说：进化而为不阴不阳，不男不女，似人非人，像兽非兽，类似母狗的两足动物。男子进化到了极点，他们无情无义的程度，还不如公狗。

女子较男子，多有道德，多知节俭，并且虑后之念，也比男子周到。

妄谈

过了二八月，母狗见了公狗，垂头丧气，夹着尾巴，贴着墙根走；正当二八月，母狗见了公狗，趾高气扬，竖起尾巴，横着街心走。我为二八月后的母狗伤心，我对二八月中的母狗痛恨。

二八月中，狗道大兴；公狗母狗，霸占街衢，填塞巷口，猗猗之声，聒耳欲聋；吃醋争风，乱成一片；跳舞抱腰，出尽风头。社会的秩序，虽然大受影响，幸而一年之中，仅有两次。假若男女，实行狗化，社会间欲求片刻的安宁，也不可得了！

搭姘头，偷汉子，钻狗洞子，就觉得刺耳难听。交男女，开房间，实行同居，就觉得名正言顺。其实也不过是八两，半斤，A+B，B+A！

从前的女子，以交男子为莫大的羞耻；现今摩登女子，以交男子为莫大之光荣。甚至结交的男子愈多，愈可得一个交际明星或社会之花的美誉！

现今社会所尊崇的社会之花就是古时社会所讥骂的“烂桃”。我为古时的浪漫女子哀悼，我为现今的摩登女子庆贺！

无论如何吝啬的男子，对于女子，无不慷慨好施。

女子若抱定“人尽可夫”的心，女子人格永不能提高；女子求美之心，若甚于求学，女子的人权也永不能提高。

将男子练成流氓化不是进步，将女子练成流娼化不是文明。可惜现在竟有一班自命为先知先觉的人，假借解放之名，竭力诱导无知的青年男女，赶快的往这自杀杀人的途径上走！

有女子只知爱美，并不知卫生；你若规谏她们，说某种修饰，不合卫生，那简直是白费唇舌。在她们的心目中，全认定"朝为美，夕死可矣"！

中外的男子，是一样的心理；中外的女子，也是一样的心理。中外的狗是一样的天性；中外的猫也是一样的天性。

狗之性，宜于御外；猫之性，宜于安内。所以狗利于防盗，猫利于捕鼠。若弃其所长，用其所短，必致内外不安，多生扰乱，归终，将狗害了，猫也毁了。这不是敬狗尊猫，正是害猫毁狗。

狗猫受了训练，练不去狗性猫性；男女受了教育，教不去男性女性。因为教育与训练，是人为的，性是天生的。

非打倒羞耻，不能人尽可夫；非人尽可夫，不能男友如云；非男友如云，不能实行狗化；非实行狗化之后，不能打倒羞耻的束缚！

羞耻是女子的美点，也是最能引动男子的威力。

男子爱看女子，是因为她们可爱；女子也爱看女子，是因为她愿知道，她们为什么可爱。

活泼的女子可怕，呆板的女子可厌；唯有时呆板有时活泼的女子最可爱。

某交际明星对某女子说："多擦一次粉，少读几篇书。"她这句话，实在是从阅历得来的！

女子得男子的崇拜，学富五车，不若有艳皮一张。

英国格言说："有学问无阅历，不如有阅历无学问。"若以女子而言，我可改一名话说："有学问无美貌，不如有美貌无学问。"

大学问的女子，只能得人敬，不易得人爱；大学问的男子，也是如此。

多数妇女的贞操，不是失之于淫荡或金钱，而是失之于男子的马屁！

有些摩登女子，讥评旧式妇女的生活为"监狱式"的，岂知监狱式的生活固不自由，然较"野狗式"的生活，还有一个长久的饭碗，到老也不致变成一个无人要的母业障。

中国的男女不平等，只是在旧礼俗与旧法律上的分别，其实哪一个男子家里没有一个涂脂抹粉的活菩萨？有几个男子不是崇拜这活菩萨的？

男女的真平等，是各尽天赋的特长，分工合作；并非男尽女职，或女夺男工。

古礼所说："男正位乎外；女正位乎内。"并不是重男轻女。外也不尊，内也不卑；正如外交总长与内务总长，职任虽殊，名目虽判，不过是各以所长，尽其专责。

由父精母血而成胎，由精血化合的不同而判男女，由男女的生理殊异而良能各别，因良能各别而分任人生的职务。即同是出于一源，有什么贵贱尊卑可分？

犯大罪的男子，多是有才的；犯大罪的女子，多是貌美的！才与貌，善用之，则为福源；不善用之，则为祸根。

淫女邪男，多出于仕宦之家；贞女义士，多生于蓬门小户。

对别人家的女子，竭力鼓吹女权，竭力倡说解放；对自己家的女子，竭力摧残女权，竭力施行锁闭；这是现在多数提倡男女平等者的现象！

修貌而不修心，是女子的大病；顾财而不顾名，是男子的大病！

非犯心肠的男子，不肯征女友；非贱骨头的女子，不肯做男子所征求的女友。

男女生殖器官，既有向外向内的不同，所以宜内宜外的分别，也可以由此而断。

女子应付男子，有三要素：或有貌，或有钱，或有手段，最不可少的是手段。貌有衰老，钱有尽时；唯手段，则愈用愈精。

好说好笑，固然是女子的缺点，可是最易对付；沉默寡言的女子，固然是少有的，可是最难相处。男子也是这样。

男子年龄愈高，看女子愈美。

对女子没有狠心的男子，才是真正男性的男子。男子若对一个女子，能施展阴毒手段，世界上任何残酷的事，也能做得出来！

女子是天生玩弄男子的"怪物"。男子在小的时候，离不了她们，愿受她们的玩弄。到了中年，更离不了她们，愿受她们的玩弄。到了老年，仍是离不了她们，愿受她们的玩弄。被一个女子玩弄得厌倦了，又必定愿重新投到一个别的女子的手里，再受她的玩弄。

男子无论打定什么主意，一见了女子，就会变了！

英雄与美人，是世上的点缀品，世上没有他们，就觉干燥无味；有了他们，又能使人类多增纷扰，所以上天不使这两种人多生。

英雄应有公心，因为英雄是为群众生的，英雄是应为群众谋幸福保权利的。美人应有私心，因为美人是为一个人生的，美人若以色相布施众生，就要使群众闹得天翻地覆。

妄谈

女子最不喜欢优柔寡断的男子，唯有英明果敢的男子，能得她们的爱敬。

什么地方，人多爱去？有女子的地方。什么故事，人多爱听？有女子的故事。什么戏，人多爱看？有女子的戏。什么书，人多爱读？有女子的书。什么新闻，人多爱听？有女子的新闻。

女子的一颗"诚心"是男子最大的财宝，这种财宝是以全世界所不能换得来的。

女子们并非爱说谎话，是因男子们多不信她们的实话。

十个女子，有九个是永远不知认过的，那第十个是永远不知有过的。

世界无论如何文明进化，社交无论如何彻底公开，也没有穷男丑女，可以出风头的机会。

世上若没有脂粉，女子必格外的老实。

女子与男子奋斗，仅求打倒主内主外的分别，正如水栖动物与陆栖动物，争求水陆的不同，纵然因竞争而达到目的，也不适合天性的生活！

北平某女著名作家，时时在报上作文，痛骂高跟鞋并一切不全卫生的衣饰。我近来常在街上遇着她，她的鞋跟，据我观察，高于一切（妇女的鞋跟）！这大约是鞋跟愈高，愈合乎卫生的原则。

女子爱美而喜修饰，并不是她们所以易受男子征服的弱点，正是她们天赋的一种征服男子的武力。

我以为，男女只可为夫妻，不可为朋友。女结男朋，或男交女友，若目的不在婚姻，未免就是浪子淫妇，是人道中的害物！

交际花（或交际明星）是公共的耍物，是惑乱人心的害虫，是导引女子堕落的媒介，是社会中分利的能手，是成衣匠的傀儡，是化妆品商店的游行广告。

近几年来，报纸上登载名闺小照，每每加入善歌舞，精洋文，擅交际等表扬的词句，我不知是将她们视为何等人物？

个个女子，全有一种天赋的玩弄男子的手段，女子一生的成败，全靠她运用手段的巧拙。

无诚心的女子，至终必弄得遭男子的厌弃；专以容貌维系男子，到底必归失败。

摩登二字，在中国辞典里寻不到，不过是英文 modem 的译音，是"合于时代"的意思，然而在英在美，若将 modem 加于 girl 之前，就含着讽刺或嘲笑的意味。我中国女子，切不可误将摩登姑娘奉为典范，认为光荣！

男子与"难子"同音，他们一生，历尽种种艰难辛苦，十之七八也不过是为讨女人们的喜悦！

"美目盼兮"与"虎视眈眈"，据我看，全隐藏着杀人的能力，全是一样的可怕。无论什么心刚胆壮的英雄豪杰，"美目盼兮"之下，也要骨软筋酥。

我听某娼妇对人说："我们这也是买卖生意！"我不禁对"买卖生意"四字毛骨悚然，我听某舞女说："我们这是谋女子职业。"我不禁为"女子职业"四字痛哭流涕！

据我所知的交际明星或社会之花，引人倾家荡产的程度，尤甚于名妓淫娼。更可恨的是，她们没有直接担负的"花

捐"！

盗贼与娼妓，是人类中的兽性的表现。这两害不除，社会与家庭，永不能得享安宁。尤当剪除的是，无盗贼娼妓之名，而有盗贼娼妓之实者！

俗语说"贫学富，富学娼"，是专指妇女说的，娼妓是污辱妇女的恶魔，是引诱妇女堕落的媒介！"

雄才美色是人群里的点缀品，这两样虽能增加人类的不安，然而也能使单调的人生，增加波澜变动，否则人生就如广漠的平原，毫无起伏的现象，简直就如禽兽，没有历史。

现今良家妇女，终日忙断了十指，不能得一饱；摩登女子，半夜伸缩两条腿（如跳舞之类）就能鲜衣华服；美而贫的女子，如何能不受激动！

女子是钢锉，男子是顽铁。顽铁虽坚硬，终抵不住钢锉的磨擦！与女子接近，永远是受损失的，接近愈甚，损失愈大！

不要轻视老派的顽固女子，要知她们的人格与对人生所尽的义务，高于一切交际明星社会之花或某地小姐。前者是牺牲个人的精神，增加别人的幸福，后者是消耗别人的精神与物质，供自己的堕落，并且引人堕落！

女子职业固然应当提倡，然而为迎合男子的欲心，含有诱惑性的职业，不但不应提倡，且当绝对禁止。因为这种职业，不但不能提高女子的地位，且足以抵灭女子的人格。

现在某国诱惑妇女遗弃家庭钻入工厂，美其名曰："提高女子的地位，与男子在社会里争求平等，不再为家奴。"其实，也不过是将家奴变成公仆。家奴还能得丈夫的爱惜，公仆只能受社会之督催！据我个人的愚见，现在研究妇女问题的人，多是要使温柔安善的女子，离开和平的坦途，走入狂风暴雨的歧路，使她们渐次失去自然的保障，而度不合天性的生活！

戏赠摩登男女"缺德文"

两性遇合，是大问题，稍一不慎，祸患随之。恋爱如深井，跳入则易，爬出最难！男友性多不常，女友亦不可靠。自从社交公开，爱情已不坚固，男友多是"拆白"，女友惯施"打虎"！一则拐卖堪虞，一则卷逃可虑。女结男朋，应先照照镜子；男交女友，尤当摸摸钱囊！财产本易花光，容颜不能常保！金钱少，不能"吊"美人；年貌衰，无法系浪子！莫看卿卿我我，翻脸即变路人；莫羡雨雨云云，转身立成冰炭！公园"钻山洞"，既湿且潮；旅馆"开房间"，人多嘴杂。前者有碍卫生，后者易遭官事！纵或幸而苟免，难防报纸宣腾！即或秘密"交通"，当思隔墙有耳！设若粗心大意，一杯"冰激凌"即可丧命；倘再不加小心，半盏"果子露"亦可送终。跳舞场内，殊少淑女；电影院里，难觅情夫！校内结"恋人"，必遭师友窥查；家中会"性友"，定为父母不容。双恋殊不多见，单恋太不经济！三角恋爱，原非人道之常；四角同盟，更觉近于儿戏。一男被众女纠缠，乃鹿豕举动；一女为众男追逐，实野狗行为！金穴不足供女友之频刮，玉体不可为男儿之耍物！禽兽尚顾传种，人类只为行淫！一则按期交尾，一则随便宣淫。密室中，尚可以颠鸾倒凤；大街上，实不当揽腕抱腰！休怪鄙人吹毛求疵，只恐摩登变本加厉！

妄谈

大街若可随意"自由"，百业势必登时停顿，工农商士，将奋勇争先，加入战团；军警官吏，定不容后我，弃其职守。通衢畅演"性的问题"，固成"禽兽乐园"；到处举行"妖精打架"，立变修罗地狱。今日无聊者，只怕野性难发，盛提打倒一切；古时有心人，惟恐人趋兽化，所以创出伦常。摩登女倘无夏姬武曌特长，应即乘时择人而嫁！摩登男纵有邓通嫪毒之特点，亦当赶紧择配为婚！年年昏昏沉沉，将来成何结果？时时游游荡荡，他日归何了局？走红运时，不肯篷收舵转；处失败日，必致屁滚尿流！故非有结成秦晋之心，男女最好免除交际。倘存临进性质，何必造此孽因！假使性欲难熬，一咬牙，多饮冷水！设或不能制止，三踩脚，亦可收心！"女王明星"各有面首若干，癞蛤蟆休想天鹅肉！阔少齐桓，必有恋人无数，傻姑娘莫存奢望心！失恋本稀松平常，正好悬崖勒马！绝望应另打主意，何必短见自杀！要知天下多美妇人，只怕尔无财无势！当思世间多好男子，但凭你有貌有德！未定婚姻以前，务须用心考察；既成配偶之后，须当认命到头！此非陈腐邪说，是乃恋爱哲学。切莫再怀妄念，将第三者，存于胸中；尤当互相爱怜，休把局外人，放在眼里。纳小老婆，必坏夫之专诚；偷干汉子，有伤妻的贞操。世间公例，一阴一阳；人伦定则，一夫一妻。诱娶少女，须防你绿帽高悬！姘嫁小白，当虑他良心突变！离婚最属无情，分居大背人道，虽干官厅判决，试问汝心安否？若已生"恋爱结晶"，当合尽父母天职，不可只知有己，再言离婚！妻虽不美，较胜于单枕独眠；夫纵无能，终妙于空帏孤守！俗语说"息灯大瓦房"，王嫱与盐女之曲线美，本无差别！英谚云"灭烛猫尽灰 When candles be out all cats be grey"，吕布与武大郎之模特儿，大致相同！与其妄想佳肴，终难到口；何若勉啖粗粝，先顾了饥。若肯模模糊糊，亦足以得安宁；即使挑挑捡捡，未必能准达目的！生存不过百年，性命有如朝露。缘何碌碌忙忙，争妍斗媚？为甚扰扰攘攘，选瘦择肥！帝尧与巢由，同化灰尘！东施共西子，均成枯骨！枉耗尽热心血千升，只换得土馒头一个！贵贱安在！丑美奚存！幸勿苦中寻苦！亦莫圆里求圆！摩登果能三复斯言，或可免无穷烦恼！

对于"《采菲录》"的我见

我对于妇女，向来没有研究，虽有时在报上，对她们妄吠几声，也不过是等于瞎子谈五色，愈谈愈糊涂，我只知她们的一根汗毛，也比男子的一条大腿有价值。一班男女们（我也在内），多是令人望之生厌，谈之可恨，他们只能捣乱，专会破坏，不想修己，专想修人，只能说大话，不肯问良心，天下本无事，他们偏要救国爱民，将全国救了一个七乱八糟，神嚎鬼哭；将小民爱了一个鸡犬不宁，野无青草！惟有妇女，多是性情温柔，存心和善，举动文雅，态度安详，只知"修"己，不愿"修"人。生来爱说爱笑，不喜动刀动枪，全如和风甘雨，好比景星庆云。惟独她们是世上的盐梅，是暗室的明灯，能化解男子的粗恶，能点染世界的和平。

她们若不失了"原性"，世界就是人间的天堂。她们若染成"男习"，世界就要变成人间的地狱。惟独她们有讨论的必要，有研究的价值。

妄
谈

《采菲录》虽是仅仅对她们身体的一部分（脚）而作，可是据我看，实在较比全部廿四史与一切的哲理学，还能动我的兴味，提我的精神。我本想借着《采菲录》，作一篇屁文，发挥发挥我的感想，出一出风头，骗一个"脚学博士"的荣衔。无奈我对她们"下体"的观念，一向是囫囵吞枣，没有细细品评过滋味，她们的脚怎样才算好，如何才算坏，我实在没有审美的标准。我只知她们身上，从发尖到脚跟，无一不可爱，无处不美观。天足固好，缠足也好；缠了又放也好，放了又缠也好；莲船盈尺也好，足小如拳也好；穿上鞋也好，脱光脚也好；行路东倒西歪也好，举足山摇地动也好！

我以为四寸高的高跟鞋，固能扰乱摩登男子的脑筋，使他们屈服于旗袍之前；三寸长的红丝履，也能断送腐化男子的性命，使他们拜倒于石榴裙下。虽然二者，有今古的不同，我认为全是打倒男子们的一种武器，古今男子，牺牲在这两种武器之下的，较死于刀枪之下的，还要超出数十倍，不过从来没有人做一个统计，致令他们空做了妇女脚下的无名英雄罢了！

有人说：灵犀作《采菲录》，必是患了"拜足狂"，生了"爱莲癖"。我在先，也存这种的怀疑，并且会与姚君去信劝阻，以后我细查《采菲录》里，也有许多反对小足的稿子，我才知道灵犀的用意所在，并不是如某国之鼓吹主义，不容纳不同的意见。灵犀是要趁着缠足的妇女，未死尽绝之前，做出一种"风俗史"，若以为"采菲录"是提倡缠足，那么，研究古史，就是想做皇帝了，贩卖夜壶，就是喜欢喝尿了！这不是妄加揣测，胡批乱评么？我敢断定，研究学说或者是要骗人惑众，以谋争权发财，而编辑《采菲录》，决不是鼓吹缠足，以图复古还元。况且小足，已过了他的黄金时代，到了一个没落的最后阶段，纵然竭力鼓吹，也不过是回光返照。中国土地虽大，将来也不容有三寸金莲立足之地了！

我以为缠足的陋俗与迷信相同：养成了的年限，既很久远，决非在短促的时间，所可扫尽廓清的。提倡固属不当，严禁大可不必：提倡是残忍，是诲淫，是不顾人道；严禁是专制，是压迫，是不体人情。若收集一些善于缠足的作品，为将来的人，做一种考古的资料，为现今的人，做一种"数典不忘祖"的研究，有何不可？这种用意，只当赞成，不应反对！

至于古人爱金莲，今人爱天足，也并不是有什么落伍与进化的分别；古女皆缠足，今女多天足，也不是有什么野蛮与文明的不同。不过"俗随地异"、"美因时变"而已。

若说缠足的妇女，全是愿为"玩物"，那么，家家坟地里所埋的女祖宗，有几个不是玩物？现今的文明人，有几个不是由那些玩物肚里爬出来的？我们追本溯源，不当对不幸的她们，妄加污蔑！

如谓天足的妇女，全是天生的"圣人"，那么，处处所见的新妇女，若早出世三十年，能不能立志不缠足？她们的祖父母，是不是因为她们家中的妇女脚不小，视为奇耻大辱？我们依古证今，更不当对侥幸的她们，妄加推崇！她们也不过是幸而生于繁华的城市罢了。若生于穷乡僻壤，未必一个个不是三寸金莲；若按他们那种盲从爱美的情形推断，假若异时异地而生，她们的尊足，恐怕还要不盈一握呢！

妄谈

以古人的眼光议论今人的是非，固是顽固不化；用今人的见解，批评古人的短长，更是混蛋已极！我以为这全是一偏之见。正如寒带的人，骂热带的不该"赤背"，热带的人，讥寒带的人不当"衣皮"，全是不肯"设身处地"，细加追思的愚行！

我常说：孔老二若生在现代，他未尝不研究社会主义，未必不讲座阶级斗争。马克思（Karl Marx）若生在中国，且值春秋时代，他未必不赞成"民可使由之，不可使知之"！因古人的言行，有一二不合现代的潮流，就吹毛求疵，热骂冷嘲，自鸣得意，自变为先知先觉，那就如同说"岳武穆未乘过汽车，不配为名将；华盛顿未坐过飞机，不配称伟人"了！

芸芸众生，殊少先知先觉；茫茫人海，多是后觉后知。先知先觉，千万人中，未必有一个；后觉后知，未免十人中，就要有九人零一人！李鸿章本是当日我国最摩登的人物，也是东亚最有名的政治家。他升到总督的日子，某次，他的属僚，参见他的太夫人，他因她的脚大，竭力在一旁，用袍袖掩盖她的双足。李鸿章尚且如此，至于别人，还用问么？可见风俗严于法律，既成之后，任何有力的人，一时也变转不过来，并且无法抵抗。宋元明清的学者，熟读《孝经》，对于"身体发肤受之父母，不敢毁伤"一句话，无不奉为金科玉律。然而对他们女儿的双足，竟不异她骨断筋折，他们岂不知那是毁伤？毁伤即是不孝，怎奈习俗移人，就视为当然了！若能如宋朝的李若水老先生，在前六百六十九年，就反对缠足，那才称得起是赞成天足先知先觉呢！

时至今日，才知道反对缠足，奶毛还未脱光，也要大骂小脚，那不但够不上后知后觉，也不过是拾人唾余的应声虫而已！

若说缠足的女子，是矫揉造作，失去了自然的美。这话是最相当的批评，因为"自然的美，才是真美"。然而现今妇女烫发，拔眉，束胸，又何尝不是反逆自然呢？不过烫发拔眉是由外洋传来的，外国既然盛强，所以我中国甚至以学法外洋的恶俗为时髦了！假若中国是世界第一强国，安见得外国妇女不学缠足呢？若谓外国妇女，全有知识，决不肯自伤肢体，步中国妇女的后尘。那么，就是尊崇洋女为神圣，轻蔑华女为野蛮了！要知北平城外东北一带现今还有高丽旗兵的苗裔，他们随满族人入关的日子，他们中的女性，决是天足，可是移入未久，也慢慢缠足化了。总之，美的观念，并无一定的标准，随一时多数人的习俗眼光就是美，看熟了，就是美，看不惯，就以为丑而已。在十年前，我们若见一位剪发女子，未尝不说她是疯子是怪物，现今我们见着梳发的女子，又说她是顽固是落伍了！几年的时间，我们眼目，还是我们的眼目，然而看法就不同了。自己的两只眼还靠不住，何况旁的事物呢？若以前者为非，后者为是，那么，就可以说，以前的眼是混蛋的眼，以后的眼是圣人的眼了！

有人说，缠足妇女的脚，全都奇臭，这话与元明两代的浪漫文人所说，小足如何"芳香"，全是不合情理的话。要知"世无不臭之足"。足之所以臭，是因为行走之时足趾磨擦的原因，磨擦就生热，生热就有臭味，两手磨擦，尚发臭气，何况两脚又负全身的重量呢？并且两脚有鞋袜包盖，臭味不

妄
谈

能发散，所以脚比手臭。缠足妇女的脚，包裹的东西既多，容易发臭，自在情理之中。天足妇女既不能终日赤足，她们的脚的香臭，也就可以推想而知，若说天足女子的脚皆不臭，我们当先查一查，男子的脚是不是皆香？男子的脚决没有香的。那么，天足妇女的脚既与男子的一样，也决不能不臭。不能说因脚的主人是男是女，就有香臭之别！缠足妇女，若脱去鞋袜，固有令人掩鼻的，然而天足妇女，若脱了鞋袜，也有熏人作呕的，岂可一概而论！并且臭与不臭，是在她们洗得勤与不勤。勤则虽缠足而不臭，不勤虽天足也不能不臭，岂可妄下肯定的批评呢？

　　我详查以前的男子，所以喜爱金莲的原因，并不是起于封建制度，也不是出于资本主义，更不是生于妇女失去"女性中心"，是发于"好奇"的心理。两性所以能互相吸引，是因为生理上的差别；一切动物，无不如此。两性的生理上的形状，既根本奇异，人类中的女性，又能额外加上一份人工的修饰，所以她们吸引男性的能力，较一切动物尤大。而以前中国的女性，于涂脂抹粉描眉画鬓之外，又将双足改了天然的形态，于不同之上，复增奇异，所以吸引男性的能力，更特别的大了。可见女子缠足，正是诱惑男子的一种手段，是增加男子欲念的一种媒介。所以在正重的图画与戏剧中的女子，决不加小脚，并且缠足的女子对于两足，认作不可示人的东西。以前，妇女既重贞节，所以将金莲也视同神秘，以为是应代丈夫保护的私产；甚至亲如父兄子侄，对她的脚与鞋，也避如蛇蝎，不敢挨近。一些缺德的男子们，也以为摸着某女子鞋脚，如同与那女子发生了深切关系，仿佛得了极大的便宜！妇女的脚，若被丈夫以外的男子摸着，或是她的鞋袜被人偷了去，即如受了人的奸淫，较比现今的摩登妇女被人吻了，还要加倍的羞耻。摩登妇女，或以嘴唇被人吻，是特别时髦，而缠足妇女，甚至以失掉袜鞋，为奇耻大辱。以前的妇女，所以不易参加社会的工作，不能社交，不能任意结交男友，不能跳舞溜冰，全是因双足作祟。可知缠足是使男女不易接近的极大障碍，是阻防侵略的万里长城！她们的三寸金莲，好比两扇千钧重的铁门，将两性内外隔绝了！欲打破这种难关，除非设法劝导她们不再缠足，别无他法。为要提倡男女交际公开，为要使女子服务社会，而希望女子不可缠足，这还不是最要紧的。最要紧的是因缠足使无罪无辜的妇女，受一种肉刑，使她们的双足，不但不能得天然的发育，反要断骨筋。听见小女儿因缠足而起哭泣，想象"小脚一双眼泪一缸"的俗语，也当闻其声而不忍见其小。我们若脱去她们的足布，看看她们那足指圈曲的样子，足跟与足心合拢的情形，也可以断定所受的痛苦。男子的心，纵然是生铁铸的，也当设身处地，为之毛骨悚然，淫荡的欲心，也当减少十之八九！男子一握纵然觉得"消魂"，岂知她当日为使人消魂，几乎哭断性命，疼断肝肠。在现今文明国里，对罪大恶极的凶犯，还要停止刑讯，为什么对老老实实的小女孩，加以酷刑呢？固然缠足三年可以成功，然而对于刑讯罪犯，能不断的使之受刑三年之久么？现今执行罪犯的死刑，在文明国里，还要使之减短痛苦的时间，为什么仁慈的父母们，将三年的痛苦，施之于亲爱的小女儿身上呢？缠足是立时直接影响于被缠的女子，使她受当时的祸害；至于间接影

妄谈

响于"国"与"种"，还不是显著的问题。劝人不缠，当以天理为题目，不必高谈阔论离开当前的事实，用虚而且远的"强种"或"强国"做招牌！说着固然是冠冕堂皇，好听已极，怎奈打动不了愚夫愚妇的心坎！

若说缠足与强种有关系，我并不反对。然而我看北平及各处的天足妇女所生的儿女，并不比缠足妇女所生的特别健康，缠足妇女的死亡率，也不高于天足的，天足妇女的疾病并不少于缠足的。北平及各省旗人的妇女，过了五六十岁，多半是驼背而大犯脚病，岂不是起于缠足的原因呢？若说天足容易强国，我也表同情。但是我以为国的强弱，在人民的智愚勇怯，在内心而不在外形，更不专在妇女的两只脚上。非澳二洲并太平洋各岛上的妇女，体格之强健，决不是欧美日本等国的妇女所可及的，为什么二洲与各岛上的人，不能立国，反成了强国的奴隶，且将有绝种的危险呢？我国历代的耻辱是怨我国的男子们怯懦呢？还是怨我国天足的女子不多呢？从来的名将全是天足的女子生养的么？明初山东蒲台县的女子唐赛儿，能起义兵，为建文帝复仇，使燕王手忙脚乱几乎不能应付。明末浙江萧山县的女子沈云英，杀贼立功，替父报仇，代父镇守道州，得封为游击将军。清嘉庆间，湖北襄阳的女子齐王氏（教匪首领齐林的女人），能接统她丈夫党羽，报杀夫的仇恨，她的部下增到十万人，全俯首听她的命令。二年之中，扰遍了豫楚川陕四省，清帝为她，惊慌失措，调动三十余万大兵围剿。她们三位，全是金莲三寸。然而能冲锋陷阵，杀敌斩将，并未曾因为缠了足，减少活泼的勇气与革命精神。能说缠足的妇女，全是男子的玩物，受男子压迫，为男子的奴隶而富有亡国奴资格么？妇女若仅能倚在爱人的怀抱里徒发大言，坐在饭店里的洋床上大唱高调，在离强国八千里之外狂喊打倒帝国主义，纵然足长三尺，也不过等于村妇骂街，不但招惹世界各国的讥讪，反要使唐沈王三位小足女子的在天之灵，哭干了鬼泪，笑掉了鬼牙呢！

专以齐王氏而言，她因败自杀，年才二十二岁，这样一个妙龄小足的小寡妇能遣将调兵，闹得惊天动地。我国讲求体育三十年了，试问能寻一个齐王氏不能？

近二三十年来，我国人长了一个疯狂无耻的恶习，无论什么屁大的事，他们多要妄加"国"字做陪衬，强引"种"字助威风，滥用"民"字装门面，甚至连跳舞，恋爱，吊膀，溜冰，开房间，钻狗洞，营私，卖淫，打麻将，贩鸦片，拉屎，撒尿，全要以"为国为种为民"做幌子！

国，种，民，这三个神圣不可侵犯的字，已经被他们用得一文不值，太随便了！这种邪风是全球各国所无，正如缠足的陋俗，惟我国所独有。此风不改，我国在国际间，决不能幸存；正如女子若再继续缠足，决不能与男子争求平等！

欲革除缠足的陋俗，惟一的办法，当斩草除根，要从小女儿入手，万不可矫枉过正，专对老太婆注意！如此则可免去小女儿的刖刑，保全老太婆的颜面。当八十年前，洪秀全入了南京，为提倡天足，竟强迫小脚妇女赤足担水，他自以为那是彻底解决，岂知妇女因羞愤之故，投江跳井的有一千数百人。前年某处，强使缠足妇女，在大街上当众放足，将弓鞋足布，悬在闹市示众，大加讥嘲，几至招起民变。那两件事，全是矫枉过了正！现今在通都大邑里，到处还见有新

妄
谈

缠足的小女儿，皱眉咧嘴，盘跚而行，反无人加以查究。在大城中尚且如此，在小乡间，不问可知。这件事，就是斩草不除根，正如查拿鸦片烟鬼而容任种鸦片的人，严办赌博之徒而不禁制赌具者。这种倒行逆施、舍本逐末的政绩，正是扬汤止沸，抱薪救火！莫如听其自然，使之自消自灭，反觉省事，而不扰民。

总而言之，须要知道，天下古今的妇女，全是爱美成性，全是时髦的奴隶，她们只要能得获"美"的称誉，纵然伤皮破肤，断骨折筋，在所不辞。男子所不能受的苦楚，她们全能甘之如饴。当日"楚王爱细腰，宫中多饿死"就是最好的先例。以前女子有因缠足而丧命的，然而缠者，并不视为前车之鉴。现在，女子有因穿高跟鞋而跌折腿的，但是穿者，仍变本加厉。在她们心目中，对于或死或伤毫不关切，惟对"不美"之见解尤甚于死。对于"增美"的修饰，无不拼命追求，绝不知"卫生"是什么东西！并且她们对于"美"，也没有一定的主义。只要有一二妇女"作俑"于前，必要有无数的妇女，接踵于后；较无知的男子，盲从一种学说，更要踊跃千倍。不过妇女发明一种自伤骨肉的修饰，与男子创出一种惑乱人心的学说不同。男子创出学说，是先以别人为试验；女子发明修饰，是要以自己为牺牲。男子创出一种学说，是惟恐别人不盲从，然而有知识的男子们，决不盲从；妇女发明一种修饰，是唯恐别人仿效，但是有知识的妇女们，必定仿效。妇女这种行径，不过是出于争艳斗媚的心理，她们为这种心理，遂想尽种种方法，刻苦修饰，标奇立异，迈众超群，以便出类拔萃，骄其侪辈。我由种种的考究，敢武断说，

"缠足"决不是起于南唐李后主之令窈娘以帛束足，而是起于窈娘之自愿吃苦，自炫新奇，以便引动李后主的视线。她不过是出于一时的震惊，岂知遗害当时，祸及后世，连累得千万妇女，受了她的影响。正如不良的学说，由一个野心者，创造出来，使千秋万世的人，全蒙他的祸害！再以现今的妇女，在滴水成冰的时候，还暴露玉腿而论，不知是由什么野心的妇女作俑，竟连累得无量数的妇女，跟着受凉。发明露腿的女子，或已死去多年了，然而她的遗毒，还正在大行其道，不知何日始能除根呢！

人提起缠足的陋俗来，全骂李后主不顾人道，摧残女性。岂知窈娘是罪魁祸首，后主不能负"作俑"的责任；充其量，他仅仅是一个从犯。后主若是死而有知，必定高声诉冤说："当日我并未曾创意命窈娘缠足，是她甘愿自伤骨肉，发明一种修饰的新法，要打倒她的同类而夺别人的宠爱，与我何干？当日我不过看着新奇，说了一个'好'字，安慰她的辛苦而已！纵然她缠足是为讨我的喜爱。那么，以后的妇女缠足，也是得了我的圣旨么？你们如果明白妇女的心理，不但不肯骂我，连窈娘也不当骂！她缠足固然是她一时的无知，她并没有劝导别的妇女，跟她学呀！"

我敢断定，不但缠足是由妇女所发明，现今的束胸拔眉露腿烫发露肘高跟鞋硬高领，以至缅甸 Burnla 的长颈，印度的穿鼻，红人 Am. Indians 的扁额，日本虾夷的刺唇，中非的鸭嘴（英人称之为 Duck—bill）种种自残的修饰，无一样不是由妇女们，争艳斗媚，矫揉造作，无事生非而创出来的。创出之后，行之既久，就成了一种根深蒂固、牢不可破的习

妄谈

俗，视为一种必要的修饰。不如此，不但不摩登，甚至被人认为不够妇女的资格。任何智勇的妇女，也必甘心遵照办理，无法反逆了！前廿几年，我的乳母对我的先母说："若不裹脚，怎能分别男女？"就是"袭非成是"的一个凭证。男子们虽然身大力强，蛮横专恣，阴险狠毒，诡诈多谋，他们决没有闲心，替妇女们乱出主意，使她们怎样修饰。并且天下古今的妇女，对男子全是不听话的。她们肯任意设法修饰以引动男子喜爱；男子若出主意，请她们如何修饰，她们决不听从。她们认定男子们不会修饰，所以决不肯容纳男子的意见。男子们若反对妇女的某种修饰，惟一的妙策，就是给她们一个"不注意"，她们就要慢慢的，另换花样了！不过任何伤肌毁肤的修饰，经妇女发明之后，男子们就以此为喜爱与选择的标准。甚至她们对身体某部分摧残得厉害，愈能使男子们，爱之好之，如疯如狂！这并不是怪男子心狠，是怨她们自寻苦吃。男子间这种情形，并不关什么帝国主义，封建制度，也不关什么财产私有或共有，更不关"经济独立"或不独立，尤其不关什么人格堕落与不堕落，全是由男女的天性不同而引起的。世界进步无论到什么地步，男女的天性是变不了的。科学纵然万能，也不能化男为女或化女为男，犹之乎不能变狗为猫或变猫为狗。现在有一种狂妄的人，在男女两性之间，竭力挑拨，惟恐男女不失去固有的天性，这就是违反"自然"，庸人自扰！因为天性就是自然而生的性，人力决不能改造。纵然绞尽脑汁，也不过只能改造于一时，"自然"归终仍能战胜了人力。不但天性改不了，就是外形的改变，也不能支持长久。譬如缠足的女子所生的野蛮的孩子，决不是尖足；烫发的女子所生的文明结晶，也决不能是卷毛。现在的文明人，自称改造"自然"，向"自然"革命！其实空费了许多辛苦，还是要被"自然"改造了，被"自然"革了命！若详细说这个道理，恐再用两三万字，也谈不透彻。统而言之，十万年前的男子爱女子，愿得女子的爱，百万年后的男子，也是如此；十万年前的女子爱男子，愿得男子的爱，百万年后的女子，也不能不爱男子，也不能不愿得男子的爱。男女求爱的方式，因为天性的不同，也决不能一致。专以女子而言，无论文明到什么程度，也必是要因袭她们的高曾祖母的爱美的天性，吸引男子的爱情。就以施行文明主义的某国而论，该国的女子，也决不能不用修饰而改用武力，使男子们屈服（我这话并不是轻视妇女）；因为男女，各本天性，互相求爱，是维持人类于不绝的天职，方式虽然不同，并无轻重高下尊卑之分。男女互为因果，彼此相生。谁也不比谁贵，谁也不比谁贱。（这个理由，我在拙著《疯话》里，已说了许多，不便再谈。）那么，由此推断，以往的女子，是以修饰为战胜男子的工具。查古可以知今，鉴往可以知来。以后的女子，对于吸引男子，战胜男子，也不能有例外的办法！

　　缠足不过是我国妇女修饰的一种手术。我所以主张"听其自然"的原因，是看这种陋俗，已到日暮途穷，再无继续发展的可能。因为预断一种任何"修饰"有前途，离不开"贫学富，富学娼"一句俗语！现在的富女与娼妓（太太，小姐，少奶奶，姨太太），既然不以缠足为美，竟尚天足；那么，乡下妇女与小家姑娘，自必争先仿效，从风而靡！四五十年之后，若想再见一位扭扭捏捏，前摇后摆的三寸金莲，恐怕要

妄谈

比"三九天寻虾蟆（蛙）"还难了。又何必自作聪明，妄加干涉，扰乱公安呢？若说怕外人讥笑，不得不雷厉风行，立行铲除；那么，我国受外人讥笑较缠足尤甚的，还有许多！最大的就是"勇于对内"、"怯于对外"、"贪赃枉法"、"不讲公德"。这种变本加厉的劣根性，若不赶紧严加革除，纵然立将可怜的小足妇女，投诸东海，中国人种，也不能不灭，中国国祚，也不能不亡，何必注意于微末的小节呢？况且妇女如同渔翁，男子如同饿鱼；修饰同钓饵（俗名"鱼食"），金莲也不过是钓饵之一种。现今的鱼（男子）既不喜吞吃这种东西，那么，渔翁们自然要施行一种有效的方法，另换鱼食了，又何必多管闲事，替渔翁们着急操心呢？

男予喜欢什么样的修饰，妇女尚且不惜断骨伤筋，残皮毁肤，吃苦忍疼，挨冷受冻，以迎合之。现今若费尽心力，受尽折磨，缠成小足，反招男子的厌弃；她们既不疯不癫，且又最能侦察男子们的心理，岂能不通权达变而求舒服呢？前几年，天足会所以不易推行，就是因不易婚配。现今青年男子与各级学生，一听要配一位缠足之妻，即如受了死刑的宣告；可见不天足，反不易婚配了。缠足譬如一种商品，市场上若没有销路，还肯制造这种货物么？

天足妇女，现在既正走红运，到了她们的黄金时代，我们也不必趋炎附势，特别恭维。缠足妇女，现在虽交了败运，到了她们的没落时期，我们更不当摧枯拉朽，落井下石。当向普遍里观查，不当拘于一隅；当为多数人着想，不当仅对少数人留心。要知我国现今的天足妇女，尚不及全国妇女中三分之一，还有一万万以上的妇女，是不幸而缠了足的，我们不当仅为这少数走运的天足妇女筑金屋，尤当为多数倒霉的缠足妇女寻出路。假若二万万男子，全惟天足是求。不但男子将有"过剩"的恐慌；这一万万以上的小足妇女，必将无所归宿，陷于悲惨的境地。并且若按"物以罕而见珍"的成例推断，天足的妇女，因为供不应求，也必趾高气扬，自视为天之骄子，使男子们可望而不可即了。摩登女子中，虽多有以一嫁二嫁以至十嫁二十嫁为文明的，但是男子们既多，若等遇缺轮流递补，恐怕机会也不均匀。再者丈夫的名分若被她们任意的取消；男子们若没不固定的女人，未免要惶惶然若丧家之狗！一个女子身旁，若有若干后补的丈夫，也实在不成事体！我这话并非玩笑。我详查现在自命为文明的男子们，不但不肯娶缠足的女子为妻，甚至对已婚多年或已生有女子的缠足太太，视如眼中之钉，肉中之刺；几乎有"屏诸四夷，不与同中国"的趋势。固然，缠足是野蛮之风，是不人道的表现。受过新文化洗礼的人，不爱这违反自然的修饰，也是理所当然。但是行之在婚娶之前，尚无不可。若婚娶之后，木已成舟，再加反对，就是只知有己，不知有人；那不但不是新文化，反成了新野化了。不但失了人类的同情心，简直是不如禽兽。因为在禽兽的配偶之间，决没有因为对方失去一点羽毛，与群中不能一致而施行仳离，别觅新欢的！即使缠足是犯了罪，也当念她并非咎由自取，是因受环境的压迫而成，按法律的眼光判断，也当认为情有可原。若强词夺理，弃在一旁不闻不问，或发给她少许的生活费，死活由她，那就是人道的盗贼，冷血的动物！如此残酷，还讲什么改造社会，改造国家，改造世界？充其量，也不过是改

妄谈

· 67 ·

造他自己的环境，只为他一人合适，将别人置之死地而已！
这种人正是悬贞节牌而大买其淫，存魔心而大说神话。社会
国家世界，若操在这班文明人手，不但腐化的老实人不能生
存，社会国家世界，在"人类进化的寒暑表"上，就要降落
到零度以下了；人类的世界，必要返古还原，归到地学史最
下的"无生代"了！

　　我听说，现在居然有一些受过高等教育的摩登少女，挑
拨诱惑所爱的男子们与缠足的妻离婚，以便鹊巢鸠占，取而
代之。这种行为可谓不顾同类，无思想已极。要知这种男子，
既对前妻无义，岂不能对后妻不情；自己既不能常保摩登，
将来也不免有"秋扇之捐，推位让国"的苦恼！

　　前某大学的同事某甲的夫人是缠足的。某甲因为她不合
时宜，不准她出头露面，他的夫人对他抗议说："你当初因我
脚小，喜欢我，而今因我脚小不喜欢我。你爱，则恨再不小；
你不爱，则恨不顶大。往日你认我为宝贝，今日看我像怪物，
便宜让你一个人包办了！你的是见异思迁，我的脚是一成难
变的，你不要忘了当初的你，只顾现在的你。我嫁你的时候，
你若没有辫子，我还不下轿呢！你不要跟我装孙子啦！"这
件事，足可代表现今三十岁以上的文明的男子，对待缠足夫
人的情形。好在某甲的夫人，还敢对文明的丈夫抗议；多数
走背运的女人，只有哭泣，恨不早早死了，给天足妇女预备
位置而已！要知他们那些文明男子，所嚷嚷的提倡"女权"，
也不过是专指摩登妇女说的，正如现在所谓提倡"人权"，并
未曾将"老实安分的人"，括在里头！

　　我生来顽固不化，日积月累，已变成了天字第一号的混

虫。我虽读过教过几年洋书与科学，也曾因投机，看过几种新主义，可惜资历鲁钝，至今还不知什么是适应环境，随合潮流。我决不替孔丘，释迦，耶稣做宣传，也不给中外的新圣人为工具。无宗教，无党派，永远做我原有的良心的信徒，更不确知什么叫文明，什么叫……我只知与多数人有利，就是文明；仅与少数人有利，就是野蛮，开倒车；若不伤人命，就是文明，开正车；若不顾人命，就是野蛮。我不想援助被压迫的民众，我更不想将他们援助起来受我的新压迫。我向来不以人所共捧的人为圣人，我专认不合时宜而被打倒的人为同志。我以为，与其做一个昙花一现的圣人，不如当一个终生不变的混蛋！

　　在以上种种废话之中，我本想加上许多这个主义，那个学说，这个制度，那个阶段，这个资产，那个经济，这个虐杀，那个铁蹄，这个立场，那个印象，这个辩证法，那个唯物论，提一提人的精神，证明我也是一个普罗塔利亚Prolerariat；可惜这些文明的名词，无论如何强扯硬拉，实在对妇女的两只脚，是"风马牛不相及"！

二　论情爱

伯克说："恋爱如同麻疹，患之者年龄愈高，愈不易治。"

恋爱中的障碍，如同烹调所必有的油盐酱醋；毫无障碍的恋爱，是毫无价值的，亦可以说不是真诚的。

恋爱是玄妙的，是不可思议的，是世间的音乐。独可惜这种音乐，多是不能永久谐和的。

情人们的口角，有一样缺点，因为口角一次，反增十倍的爱情。

恋爱如同风吹来的种子，是自生自长的，不是人力所致的。

恋爱如同传染病，愈是怕的人，愈容易受传染！

男子发誓永不爱妇人，与发誓永爱一个妇人，是相同的！

妇女的一切情书，不抵她嫣然一笑。

恋爱较结婚多有快乐，犹如看小说较看历史有趣味。

恋爱如同饮食，贪之者常因不消化而死，故当俭约用之！

恋爱如同菜蔬，如同鲜果，若是充分发育到了极点，就毫无价值了！

恋爱之在男子，不过如同书中之一章；然而在妇女，则为书之全部。

恋爱的人不能无痛苦——恋爱是痛苦，不是快乐。这话非过来人不能明白。

世间最可宝的是爱情，最可贵的是友谊。

若说恋爱胜过富贵，那是在富贵以后说的；无论男女，若是腹中无食，将要饿死之时，反能向人求婚，那才是真爱情呢！

恋爱如同一种极娇弱的植物，是应小心维护的。

初次的恋爱，是一点愚行同许多好奇的心，组合而成的。

爱情之施于妇女，如太阳之对于花，能使她们增加美丽，增添光泽，假若太激烈了，必定使她们枯萎，使她们凋谢。

恋爱是一种良知，无须人教导而自能的，也不必竭力地解释，更不必在字典里求明白的定义，因为在文字未发明以前的男女，早就能恋爱了。

恋爱是妇女一生的历史；在男子的历史中，不过是一段插文而已。

妇女一生的苦乐，全以被人爱的期限与程度而论。

爱情不生即死，永不变更之情操，唯性格贫弱者有之。

若是一个女子，不对你说谎了，那就是不再爱你了。

情人们的口角，如同夏天的暴雨，是决不能耐久的，且要发生更强烈的热度！

每个女子，全以为她现在的恋爱，是她一生的头一次，也是末一次；男子多以为，这不是他一生的头一次，也不盼

妄
谈

望是末一次，这是男子们情欲的表示。

爱情固然可以战胜困难，但是金钱更可以战胜爱情！

支配世界有三样情欲——野心，报复，恋爱。女子总出不了恋爱的范围。

女子对男子说："你若爱我，不要性急。"若男女真不性急了，她又说："你不爱我了。"哈，女子真难对付！

女了总忘不了她初次恋爱滋味，男子则反是。

世界上有两种东西不能用钱财购买的：一是爱情，一是长生。

假若一个女子，准知道男子爱上她了，她的爱就减缩了，或是不爱了！

达文波特说："世间有两种多而不厌的——钱财与爱情。"

有九种方法，能使女子爱你。这九种方法，无一种不以谎言为要素。因为信假不信真是女子的习性。

常爱妇女的男子，不是真爱妇女的；不常爱妇女的男子，才是真爱妇女的。

男子纵能统率百万健儿，出入于枪林弹雨之间，然而落在他所爱的妇女手里，就像一团软泥，任凭她玩弄而已！

女子失去情人，有两种原因：一是与他结婚，一是仍然拿他当朋友。

男子无论如何，全能得女子的宽恕，只有一件事，是不能宽恕的，就是对她不忠实。

许多的男子，是不得不爱他们的女人，因为知道若不爱，就要增添无穷的苦恼！

世间许多的烦恼，是因为妇女的爱太甚，男子的爱太滥，生出来的。

威尔斯说："没有一个男子配受一个女子的爱，没有一个女子配受一个男子爱。"

杰罗尔德说："妇女的爱情，如同胡须，愈刮得干净，愈生得坚实。"

使女子最动气的，就是比她所爱的男子，又被别的女子爱了。

你不对一个女子说，你爱她，较比你对她说了，她还容易看得出来！

在小说文学里，第一次的接吻，是种种困难的结尾；在事实上，是种种困难的起头。

最好的吻，是永不接的吻。

又说："婴孩的吻有乳味，儿童的吻有糖味，青年的吻有烟味，丈夫的吻有酒味。"

恋爱过两次的男子，是不知恋爱的。

世上最好看的，是情人的面貌；最好听的，是情人的声音。

若是你同时爱两个女子，对她们中的一个说："两个全爱"，她信你；假若说："不爱那一个"，她决不信你。

善写情书的男女，未必是有情的；真正有情的男女，决不买《言情尺牍》。

欲讲真恋爱，须重真道德！

纯正的情，发于两性之间，互相牢吸，不容有第三者（不论男女）加入，不纳任何戒劝，不受任何诱惑。贫富不足夺其志，生死不足易其心，海枯石烂，始终如一，始可谓之为恋爱；否则即是恋奸。

妄谈

有人问我，对于三角恋爱有什么意见？我回答说：恋爱只有两面的，并无三角的；既然成了三角，那就是两情不坚，二心不定；不坚不定，还称得起什么恋爱？

所谓三角恋爱者，不是两男一女，成一个嬲（戏弄的意思）字，就是两女一男，成一个"嫐"（柔弱无勇的意思）字。全是不良的现象！可见一男一女的恋爱，才是正当。

整个的爱谓之情，破碎的爱谓之欲；情有永久性，欲是一时的。可惜多数的摩登女子，专喜接受人的欲！

旧派的男女，闭上门，讲爱情；摩登男女，在大庭广众之间，表爱情。前者是动于内，后者是形于外。内藏者多真诚，外露者多虚伪。真诚者可外，虚伪者不常。并且热得激烈，冷得速快！

女子常对所爱的男子，假装冷淡；男子则对所不爱的女子，假装亲热。

世界上动物之中，最不讲恋爱的，当以蜘蛛居第一位。我们永远也不能看见两个蜘蛛，在一个蛛网上！

女子对于恋爱，比男子加倍的诚恳；对于报仇，也较男子加倍的狠毒。

爱情虽非金钱可买，无金钱，也不能使爱情坚固！

以爱花的心爱美人，才是真爱美人；爱美人专为发泄性欲，如同爱花专要吃花的一般。

处女的胆量最小，然而她与某男子发生了恋爱，她的胆比天还大。

恋爱是不可思议的，是不可理解的，只要双方冲动，任何贫富，老少，美丑，尊卑等的阶层，全能打得破。

"伦敦邮报"（London Mail）说："恋爱对于妇女，是一幕悲剧；对于男子，也不过是一部短篇小说。"又说："没有嫌恶妇女的男子，不喜爱妇女的男子，必不是男子。"

爱情固然可以打破种种的障碍，然而金钱更能打破种种的爱情！

男子欲引动女子的爱情，必须力趋男化；女子欲引动男子的爱情，必须力趋女化。喜爱涂脂粉的男子的女子，多是窑变的姨太太；喜爱作男装的女子的男子，必是土混混一流的人物。

男子失恋，较女子失恋更苦，因为他不敢哭。

女子比男子有自知之明，比男子格外的要脸；所以老妇人，决没有肯向青年男子求爱的。

无钱而谈恋爱，如饥渴而饮盐卤！

外国男女在车站码头，迎送亲属，虽有接吻的世俗，但是在公共娱乐场所，决少任意接吻的举动。近来我在公园等处，屡次见中国的青年男女，有这种的行为。人说：这是进步；我说：这是兽化！人说：这是恋爱神圣；我说：这是扰乱人心！

恋爱固然神圣，肚子的神圣，更高于一切；恋爱固然万能，肚子更是法力无边。他的威权，专能打倒恋爱！

肚子一空，万事皆空。肚子若"失业"三天，谁也不能高谈恋爱了！佛说：色即是空，空即是色。我说：食即是宝，宝即是食！

青年男女，固然有因恋爱断食的；然而发生恋爱之初，是因肚里有食。

妄谈

天下最易的恋爱，天下最难的谋食！有食，狗也会恋爱；无食，神也肚子疼！

男女之爱，是人间大道理，虽圣贤也不能抑制，然而须闭上房门才可施行。若在稠人广众之间，就携手揽腕，抱腰搂臂，接吻并头，未免是不知羞耻，且含有诱惑性。

恋爱当以道德为基础，无道德的恋爱，决无持久性。

无羞耻的女子，虽能勾起男子一时的欲念，然而得不到男子长久的爱情。

中国摩登男女，诸事力求深化，唯写情书，还是泥古不化，仍是哥哥、妹妹，连篇累牍。我读外国情书，还没有遇见这种乱伦的称呼。

失恋的痛苦，甚于刀剑的刺割。刀剑的伤痕，可以容易遗忘；失恋的隐痛，永世不能休止。

女子在恋爱的时期，格外的娇媚可爱；男子在恋爱的时期，格外的凶野可厌。正在恋爱狂热中的男子，若肯引镜自照，就可知道自己的丑态。

恋爱是一种人人愿受的苦恼。这种苦恼，非过来人，不能明白！

恋爱如同观景，如同读文，必须曲曲折折，起起伏伏，才能使人发生兴味。譬如作言情小说，若表一男一女遇见了，爱上了，结婚了，非但无话可叙，就令出版，也必无人肯阅。

我自幼就爱猫成癖，至今不改。有人说："它们叫春的声音，实在难听；它们登屋爬墙的行为，实在可厌；顶好是不要它们，以免吵乱人心！"我说："它们那种怪声，正是它们唱的'恋歌'，正等于它们所写的情书，它们的跳跃，正是它们的'交际舞'，并且它们的社交每年仅仅举行两次，有何可厌呢？"

女子的天性，多是仁慈悯恻，优柔寡断，对求爱者不肯下果决的表示。因此，就发生许多三角或多角式的恋爱，而引起许多的烦恼。假若她们对求爱者，能痛痛快快给一个坚定的迎拒，不但自己可以灭除许多的麻烦，也可以使求爱的人早早消灭痴心妄想的企图！

男子的爱情，是不易持久与专诚的。女子若能使他对她恒久不变，始终不移，那才是成功的女子，才能得到真实的幸福。

有财有势的男子，并非没有爱情；只可惜他放纵的机会多，所遭女性的诱惑大。无财无势的男子，并非富有爱情；不过是他缺乏放纵的机会，更遇不着亲近他的妇女。要知世界上的男子，有几个是老实的呢？

恋爱须以怜惜为要素，否则即是滥爱；所以英国威廉·琼斯说："恋爱有一孪生姊妹，名曰怜惜。"

三　论婚姻家庭

　　有一点事全告知女人的男子，多半是新结婚的！

　　凡是一个妇女，就应当有一个丈夫，否则如同不装裱的图画，不镶镜框的画片。

　　有些女人对于她的丈夫的话，多半不肯留心听，然而在她的丈夫说梦话的时候，反倒非常注意！

　　为金钱而结婚，就是出卖自由！

　　在结婚前，女子是饵；在结婚后，女子是钩。

　　人说，中国旧式的婚姻，由父母媒妁配合，是"牛马式的"。我说，今日结婚，明日离婚，任意配合的最新式的婚姻，是"猫狗式的"！

　　由女人的衣饰上，常常可以发现她丈夫的性格。

　　在结婚前，要睁开眼；在结婚后，要闭上眼！

　　无钱的男子，因恋爱结婚，夜间快乐，日间苦恼！

　　结婚而和乐，即是世上的天堂；结婚而不和，即是人间的地狱。

男子虽胸存伟大的志向，必得女子的同情，始能达到实现的地步。自古成大事的人，多是狠妻赞助的。

萧伯纳说："家庭是处女的监狱，是妇人的养老院。"

达文波特说："上帝造处女，男子造寡妇，魔鬼造离婚。"

普通的男子，想他的女人是最可靠的，普通的女人，想她丈夫是最不可靠的。这两种思想，是最不合事实的。

抱独身主义的男子结了婚，不但他的朋友对他莫名其妙，他对他自己更是莫名其妙。

世间最苦的男子，是被他的女人将他当做铸钱机看的，那种男子绝得不着夫妇的真正快乐！

妇人听见别人讥骂她丈夫的时候，是极恨怒的，那是侵害了她的特权。她的讥骂是合理的，所以只许她讥骂！

女子在未嫁之前，要耗去半生的光阴，等候丈夫；既嫁之后，要费去一生四分之三的光阴，等候丈夫。

恋爱是一种病，须用结婚治，结婚是一种病，须用离婚治。离婚是一种病，须用死亡治。

除非你的妻，对别的妇女说，你是一个好丈夫的时候，她对你决不能断了爱情！

名誉不佳，是一生最可痛心的事，然而决没有一个女子，愿嫁一个真正的君子。

愚鲁的妇人，对她丈夫所告诉她的话全信；聪明的妇女，假装着信。

世间的女子，未必全愿嫁她们所爱的人。

若是一个男子，告诉他的女人说，他爱她，她决不信；若是不告诉她，她又奇怪，为什么不这样告诉她！

蜜月就是钱月：没有金钱，决无蜜月！

时时提倡独身主义，或日日研究妇女问题的女子，多半是貌丑的。

女子没有丈夫，如同房屋没有基础！

《精英》杂志说："永不敢结婚的男子，是胆小的。"

萧伯纳说："结了婚的女子，全明白哲学。她知道每种问题，全有反正两面，一面是她丈夫的，一面是正的。"

美妇人多能使男子流眼泪。娶美妻未必是福！

有一种妇人，只在要失去她丈夫的时候，才知道爱她的丈夫。

一个妇人，可以不记得她丈夫同她结婚的时候所说的话，但是，那时她丈夫穿着什么衣服，她总是记得清清楚楚！

利顿说："妇女们选丈夫，如同她们买书，专在外皮的装潢上注意，多不肯用心观察内容。"

阿里斯蒂奥普说："富女蔑视丈夫，贫女毁败丈夫，丑女嫌恶丈夫，美女对丈夫不贞。"

最美丽的一双配偶，未必是快乐的良缘。

男子所愿娶的女子只有两种：一是貌美有才的，一是貌美无才的！

西班牙格言说："灯下不买衣，灯下不选妻。"

女子嫁夫，只要得一个能使她快乐的人；男子娶妻，是要得一个能帮助他忘了艰苦的人。俩人的原意，既然不同，所以夫妻间，少有满意的。

法国俗语说："恋爱是趣味浓厚的小说，结婚是枯燥无味的文章。"

结婚如同被包围的城：在外面的人，总愿意进去看一看；在里面的人，总想逃出来。

　　再婚的男子，娶再婚的妇人，如同名将遇名将。初婚的男子，娶初婚的女子，如同新兵遇新兵。初婚的男子，娶再婚的妇人，如同新兵遇名将。再婚的男子，娶初婚的女子，如同名将遇新兵。

　　女性的丈夫，男性的妻，决不能白头偕老！

　　妇女若是肯嫁爱她们的，不嫁她们所爱的，世上的婚姻就快乐多了！

　　善处朋友的男子，决不是善处妇人的丈夫。

　　男子若不是善于听话的人，结婚之后，就少有安宁的日子。

　　亨特说："婚姻毕竟是好制度，假若没有这种制度，小学教员的饭碗，就要保持不住了。"

　　妇女的本分，是静候丈夫的成功。能善于静候，且能以快活自处的妇女，才是得着了人生之术。

　　妇女是上帝的代表，就是第二上帝。获罪于天，无所祷也；然而获罪于妻，较获罪于天，格外的无所祷也！

　　有一些妇人，提起了结婚的苦恼来，能对一个未婚的女子痛哭流涕；第二日若再与那女子见面，就能问那女子，为什么不快快嫁人。这足证妇女们的矛盾性。

　　法国某学者说："有三样事妇女当注意：烟酒，赌博，别人丈夫。"

　　妇女愿意男子照她爱男子的样子爱她，男子愿意女人照他爱女人的样子爱他。这两件事，全是不可能的，所以夫妻

妄
谈

间，少有和谐的时候。

女子出嫁，如同白布入了染缸，出来以后，绝不能回复洁白的原色。所以嫁了红的，只好是红的；嫁了绿的，只好是绿的。假若出了红的，又入绿的；出了蓝的，又入紫的，归终，必成七乱八糟无人肯要的颜色，岂不可惜！

认命二字，可以化解夫妇间无限的烦恼，认命并非迷信。我国从古至今的夫妇，因这两个字，不知保全了多少万万，少出了多少丑事！

存钱最好的方法，是存在女银行（妻的钱囊里），但是若想提用，可就不易了，或者还有没收的危险！

江南有一句笑话说："你的就是我的，我的还是我的。"为人妻的，多能认真施行这句话！

朋友的钱，可以借用；妻的钱，一文也不借用。你若用她一文，纵然还她一串，你一生对她，也有短处！

对女人算账，是愚昧的举动，这种账一生也算不清，归终你还是欠债人。同妻分辩理，是没有思想的，要知你决没有理，你最大的无理，就是娶了她了！

古语说："不痴不聋，做不得阿家翁。"我看为人夫的，也当如是。

自己的子女，尚不能事事合自己的心意，何况是别人生养的儿女，来做你的丈夫，或你的妻。夫妻间若肯想想这层，也可以消除无限的烦恼！你若想得家庭的快乐，千万不可娶比你年长的妻。妇女的天性，较人年长几岁，就惯将人当做小孩子看，既然如此，她就不能将你当丈夫看待了！俗语说"女大五，赛老母"，就是这个道理。

最可怕的女人，是对丈夫求全责备的。大凡男子，从幼小就有执拗的脾气，所以女人愈求全，他愈不全；愈责备，他愈不备。这种女人，只能讨丈夫的厌弃，决不能增进自己的快乐！

德国某学者说："女子生来是为人母的，所以她们为妻则不足，为母则有余。"

我国古语说："以爱妻之心爱父母，是最大的孝子。"我可以加一句："以爱儿女之心爱丈夫，是最大的贤妻。"

若要废止纳妾嫖娼的恶俗，非竭力提倡妇人的妒性不可！

女子在未嫁以前的命运，是父母造的；以后的命运，是她的丈夫或别的男子造的。

男子再婚，多不念前妻；妇人再嫁，多不忘前夫。这是男子寡情的表示，也是妇女多情的表示。

无钱的男子，不用说不能治国，就是想齐家，也是做不到！

夫妻之间的维系，就是一个情字。夫之情，仅可施之于妻；妻之情，仅可施之于夫，其间不应加第三者，所以纳妾是破坏夫妻之情的毒药。

英国格言说："二猫一鼠，二犬一骨，二女一夫，终难和睦。"

湖北俗语说："要想家不和，讨个小老婆。"这句话足可以打消男子纳妾的野心。

"杀狗劝妻"那一出戏，焦氏对她的丈夫曹壮说："你没有钱，就能管教老婆吗？"一句话，仅仅十一个字，可以做丈夫的暮鼓晨钟；凡为人夫者，总要三复斯言！

唯思想高超的女子，才肯嫁有德无财的丈夫。

我国有一些为父母的，贪图金钱，将幼女嫁老头子，是轻视女儿的人格。欧美有一些新式的女子，贪图金钱，情愿嫁老丈夫，是轻视自己的人格。出于被动的是可怜，出于自动的是无耻。

某新式的妇女说："我国古语'男正位乎外，女正位乎内'，是最轻蔑妇女的。所以一般臭男子们，竟将妇女当做玩物，视为奴隶，应当趁机改为，'女正位乎外，男正位乎内'。以雪此耻。"我看这倒是我们臭男子们，时来运转的福音。我们臭男子们，应当感激她的栽培；我们臭男子们，正好趁机坐在家里，穿红挂绿，涂脂抹粉，一心一意地给她们当玩物，当奴隶！

你无论如何爱你的妻，她也疑你不是诚心诚意的！

恋爱虽然是盲目的，结了婚之后，眼目就睁开了。

在结婚以前，女子喜欢听你说话；结婚以后，她喜欢你听她说话。

成功的男子，是能利用机会的；成功的女子，是能使她的丈夫，成了她自己的丈夫的！

男子信一个妇人（妻），疑惑别的妇人；女子疑惑一个男子（夫），信别的男子。

天下决没有真惧内的男子，所谓怕老婆的，全是爱老婆的。所以我说："怕得愈甚，是爱得愈甚；不惧内的男子，是无情的男子，是不值女人爱的男子。"

女子到底是男子的劲敌。男子的力量，固然不是女子所能抵御的，但是她们的美色，足能征服男子的心灵。

古语说："生儿防备老。"我以为，女子出嫁，也是防备老。

容颜不是常存不变的，一般朝秦暮楚没有准丈夫的女子，要及早打定主意。

齐默尔曼博士说："多数的男子，全愿娶生得好的女子，不愿娶教得好的女子。"这表明男子多注重女子容貌而忽视女子才德。

马克·奥佛尔说："女子不过是大孩子，她们得着玩物（丈夫）之后，不久就厌倦了，将玩物撕毁了。"我看这话不合理，世上男子，多是喜新厌旧；女子对男子，少有这样不道德的毛病。马克·奥佛尔的话，大概是专指欧美女子说的。

"父母之命，媒妁之言"以成夫妇的办法，是蹂躏人权的，不能融于文明时代。然而桑间仆濮上，钻穴跃墙，以成同居的行为，也不是重视人格的，更不能融于文明社会。世上的野禽家兽，多守一夫一妻的制度，唯有与人类接近的家禽家兽，类如鸡猫狗马牛猪羊等物，全是一夫多妻，或是雌雄乱配，牝牡滥交，大概这种恶行是同人学来的。可叹！

人类发明婚姻的制度，是人类进化的第一步；打破婚姻制度，是人类退化的第一步！

现今我国最文明的女子，多是衣必洋衣，食必洋食，读必洋书，说必洋话，行止动静，竭力模仿洋人，日趋洋化。可喜她们的程度，还未达到非洋人不嫁的地步，假若她们再进化到那种程度，我们中国男子，想娶一位国妻也办不到了！

选妻不可选善跳舞，善唱歌，善交际的。这种女子，虽然能替丈夫巴结阔人，谋求差事；然而绿帽子，就能将头压得抬不起来，并且因沾妻的光，得了富贵，一生就是她的奴隶！

　　选夫要在品格学识上注意，固然不可以嫁书呆子，拆白党或绣花枕头。然而也不可仅注意于打网球的能手，踢足球的健将，跳高的领袖，或赛跑的魁首。这种男子若胸无点墨，难有光明的前途。

　　黄河以北，多注重早婚。在那些父母的头上，固然是为儿娶妇，究其实，不过是为自己增添一个白吃饭不领工钱的女仆而已！

　　名士嫁不得，明星娶不得。名士的穷酸架子可怕，明星的浪漫更为可怕。然而名士对妻，并不十分酸；明星对男人，可是十分荡！

　　中国早婚的恶俗，正与印度相反，多是女大男小。以我的本县（滦县）而论，有十八九岁至二十岁以上的女子，嫁一个十几岁的乳臭小儿，妻正当春情旺盛的时候，夫还不能尽丈夫之道。到丈夫成丁的日子，妻已成了残花衰柳。夫妻之间，焉有快乐可言，终不过是误了别人的女儿，害了自己的儿子！

　　男子因妻年老色衰而休弃，妇人因夫困穷失势而下堂，全是有愧于禽兽的举动。禽兽间，少有这种恶行，我观察多年，仅在蒙古时，见马群里有此类的现象！

　　英谚说："不会歌舞的女子中，多有良妻。"足证善歌善舞的女子，多不能调理家政，只可为"交际明星"！

　　在野蛮的古时，男子以多妻为快乐；在文明的今日，男子以一妻为满足；有文明过火的将来，男子以一妻也不要为幸福！到那时，并非男子甘愿守独身，是因为女子太"进化"，而不能为人妻了！

　　我常听人提起他的妻来，多加上"我们"二字。类如："我们内人"，"我们贱内"。我以为在这文明的"公妻制"尚未普及，打倒"婚姻制"尚未成功以前，最好是免去"我们"二字。

我对人谈到我的她，总是用"我的内人"，或单用"内人"，不肯妄加"我们"二字。因为我认定天下可"公"，妻是永不可"公"的，并且也永不用"贱内"二字，因为"妻者齐也"，她若是"贱"的，我就大受影响了！

一百个姑爷中，难寻一个能敬爱岳母的；但是一百个岳母中，倒有九十九个喜爱姑爷的，古今中外，无不如此，真今人莫名其妙！世人说起岳父来，多含有一份讥笑的态度，岂知人不娶妻则已，娶妻则有为丈人的可能。纵然一生不养女儿，难保上辈或下辈，不为人的丈人，这又要何必视为稀奇，又何必生出不敬的感想！

世人对于大舅（妻兄）小舅（妻弟），大姨小姨（尤其是小舅小姨），多含有轻蔑之意，大概是因为从古以来的小舅，多依仗姐姐的势力，对姐夫生出许多的不便。至于小姨，大概是因为她爱嬉嬉笑笑，又不肯大大方方的缘故，可见全是"夫人必自叙，而后人侮之"！

中国习俗，全以为女婿为"上帮亲"，尊之"姑爷"，称之"娇客"，女婿也竟居之不疑，实属可恨。我不知女婿有何可尊敬的必要，我更不知生女儿的人，有何可以自卑的理由。

有人问我："现在无论什么事物，全无'耐久性'，是什么原因？"我说："婚姻是万事万物的基础，现今夫妇全无耐久性，旁的事物还用问吗？"

未成婚以前，要慎加选择，要细加考虑；既成婚之后，要死心踏地，随遇而安，不可怨对方之不合适，只可怨自己之心眼瞎。如此可保心神之安宁，家庭之幸福，以至于社会

之道德！

女子的天性，多半狭小，只能同一个人（丈夫）可以继续久长；因为那个人，不肯同她"认真"。

只要你的女人，时时说你不好，时时对你吹毛求疵，你正好大放宽心，自庆自慰。因为她那种举动，正是爱你。假若她对你歌功颂德，赞不绝口，你倒应当早加预防！

有些男子，不仅他的妻妾，打扮得花枝招展；却不喜欢她的女儿，加意修饰；只许他自己眠花宿柳，却不能容他儿子狎妓嫖娼。岂知这正是上行下效，自己果能入规入距，子女必能履行正端！

在当初离婚不时兴的时候，娶妻如同搬来一座大山，她无论如何不如你的意，再也运不出去。你若想将她搬出去，不但是白费气力，社会也对你大说闲话。

在这离婚盛行的日子，娶妻如同搬进一块石头，只要你喜欢够了，你就可将她掷出去，社会不但不责骂你无情，反说你富有家庭革命的勇气，善于改造环境！至于以后她的环境如何，你不必管她！

在这文明进化的时代，生儿子的好处，就是到临终时候有所交托；生女儿的好处，就是在活着的日子，多一门亲戚来往！

穷人多儿女，是多受罪；富人多儿女，是多操心！

俗语说："多儿多女多冤家，无儿无女活菩萨。"又说："男是冤家，女是债。"又说："养子过学堂，养女过家娘。"话虽如此，然而既娶妻，就免不了受这种拖累，并且是尽人类生生不已的义务！

夫妻果能相亲相爱，和谐到老，要儿女何用？夫妻若势同冰炭，不相和谐，要儿女何用？儿女小的时候，不过是开心解闷的东西而已！

俗语说："闺女哭，真心实意；女婿哭，黑驴放屁。"我愿专疼爱女婿的岳母，三复斯言。湖北俗语说："辫子三寸长，娘，老娘；辫子三尺长，只有娘子，没有娘！"这话与北平俗语"前院拜天地，后院写过子单"，是一样的。在这小家庭制度倡兴的日子，为父母更无意味了！

天下最不可解最糊涂的事，就是岳母疼爱女婿。要知女婿，多是永远喂不熟的！我是我岳母的女婿，我的朋友也全是他们岳母的女婿，所以我敢下断语。

女儿到了岁数，欲嫁的心胜于男子欲娶的心。然而女儿的习性好羞，不肯公然表示。为父母的，应当顾念她们的苦情，万不可因为她们没有表示，就不注意；要知女子变心是一时的，是无法预防的！

"妈妈好糊涂"那个曲调，是能替普天下的女儿诉说衷肠的，假若父母们，能将那妈妈好糊涂的悲声，牢记在心，非但可以避免"糊涂"的憾怨，也可以使报纸里，少些好材料！

自交女友之风兴，男子可用少数的金钱，而享家室之乐，并可免家室之累，真可谓一本万利。

有道德的女子，嫁了丈夫（不论他好坏），全有从一而终的心；普通的女子，若嫁了如意的人，也全有从一而终的心。唯男子，不论有道德无道德，对于女子，多是吃一看二眼观三。吃着肥的，想着瘦的；吃着湿的，想着干的。人说女子是水性杨花，我看男子是浮萍柳絮。自交男友之风兴，女子眼前固然增了许多假快乐，以后自己的身体，就失了真保障，

真可谓得不偿失！

惯离婚的男子嫁不得，惯离婚的女子娶不得。这两种劣男女，习与性成，如同盗贼；不得机会则已，苟遇机会，就要施其伎俩！

美人嫁与伧夫，才子老死牖下，是天下最不平的事！

求高超的知识或从事于职业，误了许多女子出嫁的相宜年龄，可谓有一利，就有一害。

丈夫出门的时候，若是将门关得太响了，女人就疑他是发了脾气；丈夫进门的时候，若轻轻将门关上，女人就疑他不存好心。

一个男子永不肯将疑他女人的事，诉与别的男子；一个女子少有不将疑她丈夫的事，诉与别的女子。

有些女子只知爱金钱，并不知爱丈夫；丈夫有钱的时候，她就尊他为地为天；丈夫无钱的时候，她就轻他如狗如猪。夫妻的关系，纯以金钱有无为标准。男子若不幸遇见这种女子，实在不如抱守独身主义，因为娶了这种女财迷，你纵然要同她离婚，她的条件也是三个字——拿钱来！

我国俗语说："嫁汉嫁汉，穿衣吃饭。"这两句话，将女子的依赖性就养成了；将女子的人格，也就侮辱尽了。女子抱着这个目的嫁人，夫妻之间，焉能得真正的快乐！

夫妇是人类的始基，是国民之义务。《礼记》上说："婚礼者，将合二性之好；上以事宗庙，而下以继后世也，故君子重之。"

孟子说："男女居室，人之大伦。"可知女子出嫁，是应尽的责任，并非是谋求饭碗，必得本着"是一个女子，就得配一个男子，互助互爱，共同生活"，才是正当的打算。英国古语说："为谋生而嫁，不如不生。"也是这个道理。若为求衣觅食，才为人妻，那么，富家小姐，全应守独身主义了！朋友不投缘，可以绝交游；亲戚不合适，可以断往来。男娶恶妇，女配恶夫，如同附骨之疽。纵然刮骨疗毒，也去不净祸根，时时也有余痛，终生受其影响。这种灾患，除死方休。若说，离婚可以一了百了，那是片面之谈。我常说："婚姻为男女生死关头，一朝不慎，遗恨千古！"

法谚云："男子一生最大之福，或最大之祸，即是妻。"

欧洲俗语说："老夫娶少妻，如同买书让朋友读一样。"

纵然是容貌绝世的女子，也不愿听人夸赞别的女子的容貌。所以你当着你的妻，若犯了这毛病，就是自讨没趣，自寻苦恼！

穷人娶妻，是没有病想药吃，是没有罪寻枷扛，是望乡台上打莲花落！若是一个女子，对你说她爱你，那算不了什么。假若你换了一个纽扣，她能立时看出来；或是当她贴近你时，她时时为你掸去你衣服上一点的尘土，那才是真爱你呢！

法国《费加罗报》说："男子到四十，多悔他结了婚。六十岁的鳏夫，多悔他未曾娶妻！"

有人说："男子爱女子，怎能忍得着不娶呢？"我说："一个人爱花，就必须当花匠（园丁）吗？"

我国女子，不能享受遗产权的原因，是因女子终究要属于外人。自家的财产，变姓易主，心中就有些不甘。这全是因家长的私念同妒嫉心生出来的，相沿已久，遂成惯例，并非起于轻视女子。

夫死妇嫁，是天理人情。那立志守节的，须要发于诚心，

不可贪图一时的虚名，遗留无穷的后悔；更不可处于被动的地位，做人的傀儡。乃我国竟有一些糊涂家长，因为门第的关系，强使青年寡妇矢志柏舟，实在可恨已极。要知讲起门第来，再没有高过皇室的了，然而唐朝有几位公主，不但一嫁二嫁，甚至三嫁四嫁，并不以有辱门楣，为什么寻常的百姓反不知自量呢？这也是"礼失求诸野"吗？

寡妇失节可耻，老妓从良可敬。若待失节之后，再讲门第，那就来不及了！有某家长说：这是风俗，这是礼教，不能不遵守的。我说：国法尚不能背天理，风俗礼教，更不能逆人情。这种不讲理的风俗礼教，应当首先打倒！

她（妻）若是用你百万元，她转眼就忘；你若用她半文钱，她就能存记一生！

书呆子是世上最无用的人！交友不可交书呆子，用人不可用书呆子，嫁人尤不可嫁书呆子！女子若不幸而为书呆子之妻，一生绝不能达到自己的欲望。我国妇女的俗语说："秀才娘子，饿断肠子。"与欧美的妇女不愿嫁大学教授，同是一样的道理。

娘家的人，全是好人；夫家的人，全是坏种。这是普通的妇女的心理。所以丈夫对于岳父、舅爷、妻侄等，无论他们这些人如何卑鄙，也当尊之如圣，敬之如贤！

多数的妇女，说起她娘家的人来，全都喜欢夸大其词，代为吹牛。纵然她的父兄是人力车夫，是倒马桶的，她也必说："他们还拉过大总统，侍候过主席的姨太太！"

夫虽良，万不可容他交女友；妻虽贤，切不可任她结男朋！

现在的许多青年男女，不结婚则已，一结婚，必要组小家庭。一些为父母的，恐怕到老年，无人侍奉，为此大着其急，大伤其心。我看这原无伤心与着急的必要，反正，天下的事，是一报还一报，如英文所谓之 Tit for tat！不过最苦的，是在这过渡时代的，为父母的。

丈夫升了官，或发了财，女人多认为是她自己的功劳，最小的限度，也必说是沾了她的光；丈夫破了产，或失了业，女人多认为是她丈夫自己的过错！反正是好了，她居功；坏了，她不担过。

在丈夫失败的时候，能说几句安慰他的话，就是贤良的妇人！

夫妇间有了儿女，就如同将他们俩人外面，箍上一道铁圈；夫妇间有了小老婆，就如在他们俩人中间，筑了一段高墙。

英谚说："有钱的丈夫，少有缺点。"这句话与西班牙古谚："有钱之夫，无丑貌。"是一样的意思。

西奥多·弗拉坦说："男子若不经妇女的帮助，也升不了天堂，也下不了地狱。"这句话与我国俗语"妻贤夫祸少"相差不多。这并不是轻蔑她们，是因为男子一生的成败，女子也负一半的责任，然而遇着顽梗不化、刚愎自用的男子，则又当别论！

儿女到了成熟的时候，为父母的最好是赶快让他们娶女妻，嫁男夫，千万不可容他们滥交异性的朋友！这并非家庭专制，也不是束缚他们天赋的自由，这正是为他们的前途打算。

女儿如同"水果子"，到了将要成熟之时，就当赶紧离树

妄谈

（出嫁）；若等到她熟透了，自己坠落下来，就要成一团烂泥。无人肯要，还是小事，那种臭味，实在难闻！不但野蛮的中国如此，欧美各文明国，也不以女人滥交男友为光荣！

妇人中百分之九十九，全认定她丈夫所娶的妻，是世间独一无二的贤良女子！

俗语说："怕你不嫁你，嫁你不怕你"，这是各妇人对待丈夫的心理！

自从将女人娶进门来，她就以为你对不住她，你这种罪案，一直带到坟墓为止。假若她死在你前，你再娶一个，也是如此！至于如何才可以对得住她？她自己也没有彻底的答复。你纵然依从她的条件去做，终归还是对不住！这是什么缘故，恐怕将孔丘、庄周、苏格拉底等大学者，请出坟墓来，也是答解不清。问他们自己，当然也是对不住他们的她们！

分家产时，少有孝子；要嫁妆时，少有孝女！

怕老婆与怕神、怕鬼、怕强盗、怕流氓、怕毒蛇、怕猛兽不同。这几种东西，你虽怕，然而不爱；怕老婆是又怕又爱，愈爱愈怕！

怕老婆的程度，是随着知识与学问增进的，古今中外的通儒名将与大政治家、大学教授，口中虽说不怕，心里怕得更厉害！

尘俗的人，少有怕老婆的，因为他们既看不出，老婆之所以可爱，与所以可怕之处。纵然爱，必是糊糊涂涂地爱，不过是将她认做泄欲生子做饭缝衣的机器；纵然怕，也是蒙蒙昧昧地怕，也不过是如同老鼠之遇狸猫。爱得既不正当，怕得也无趣味。

婚姻不只是四条腿睡在一张床上，是要两个心，变成一个心，填在两个腔子里。

因为妒嫉与丈夫离婚的女子，是最有情的，是最能感化纳妾或交女友的恶俗的，应当竭力地褒奖，宣示全国。因为恋爱别的男子，与丈夫离婚的，是最无耻的淫妇，应当罚充官妓，永远不准她从良。因为金钱与丈夫离婚的，是不阴不阳的贪财奴，应当判为无期徒刑，送她到"造币厂"内当苦工，永远不许赦出来！

到远方去娶妻，不是要骗人，就是要被骗！在这自由结婚的文明时代，要想择偶，不可不严防"拆白党"与"打虎匠"！

中国俗语说："媳妇是人家的好。"英国俗语说："邻人之妻，美而贤。"十个男子中，有八个犯这种病！

英国俗语说："宁娶水鼠（水鼠英文名 Sherw，产于沿河之地，大者仅三寸许，能游行水中，吸食鱼脑，盈丈之鱼，往往为其所毙，英人多用之以比恶妇。），不娶绵羊。"是说悍妇虽恶，多能治理家务。

美妇人多愚昧，黑妇人多骄傲，高妇人多懒惰，矮妇人多吵闹。

英国俗语说："宁做老人的爱物，不做青年的玩物。"与我国俗语"宁嫁老头儿，不嫁小猴儿"是一样的偏激之论。青年丈夫，固然是心志不定，爱憎无常，然而丈夫的年龄，也不可相差太多！

少年娶老妻，与少女嫁老夫，全是年少的受亏损，年老的得补益。总而言之，丈夫较妻稍大两三岁，是最好的。

妄谈

英国雷纳所集的格言，有一条说："妇人在礼拜堂是神圣；在街上是天使，在厨房是妖怪，在床上是猴儿。"第一句的意义是心身清洁，念可通天；第二句是威风凛凛，严正可畏；第三句是神工鬼手，善于烹调；第四句的意义，我猜想不出。

求真正良妻，不可求之于跳舞场；求真正志士，不可求之于讲演台。在跳舞场所得良妻，多是吊膀能手；在讲演台所得志士，多是骗术大家！

旧式女子的一生，仅仅对付一个法定的丈夫，多是受尽种种的冤屈；新式女子的半生（老了就没人要了），须要对付若干非法的丈夫，更有说不出的苦恼，前者是无可奈何，后者是自作自受！

一方慕色，一方贪财，所成的配偶，与买淫卖淫相等，只可名之为"混淫"，不当称之为婚姻。

英谚说："嘴唇虽红，不能枵腹。"是说有养她的能力，始可娶她。这话可做不求技能而一味讲恋爱的青年的一句座右铭。

俗语说："宁与穷人补破衣，不与富人做偏妻。"慕虚荣女子，要慎加考虑！

俗语说："好儿不用多，一个当十个。"对于女人，也应存这种思想。三妻四妾，左拥右抱，人多以为是无上乐趣，我则以为是无边苦恼。生前既无安闲，死后更觉可虑。要知世上多而不厌的，只有好书与益友！

美国是唯一自由结婚自由离婚的国家，然而离婚的，多是女子主动；我国近来也有美国化的倾向，但是离婚的，多是女子被动。我为我国老式的女子痛哭，我替姿色日就衰残的新式女子害怕！

夫妻们争吵，尤其是青年夫妻的争吵，外人最好严守中立，他们自有和解的办法。

男子分三种——大胆的，怯懦的，顽梗的。女子愿嫁大胆的，厌恶怯懦的，可是多半嫁了顽梗的。你可以任性大胆，任性顽梗，但是千万不可怯懦；不但中国女子不爱怯懦之夫，外国女子更甚！

有人说："西国女子，对待求婚的男子，手段太硬。"我看并不是她们全生成铁石心肠，是因为得了乃母乃姑的前车之鉴了！

旧式的婚姻，是"彩票式的"，是凭终生命运的，新式婚姻，是"拍卖式的"，是凭一时眼力的。前者固然是受骗的多，后者上当的也不少，打破婚姻制度之后，社会上几种最发达的生意：第一，卖花柳药的；第二，卖化胎断产药的；第三，设产科医院的；第四，当律师的；第五，卖手枪炸弹的；第六，当件作的；第七，开棺材铺的。然而最发达的，是开旅馆的与卖春药的！

女人无论何等糊涂，她的丈夫每月入款的实在数目，她总是能查得出来。她的算术纵不高明，她的丈夫若不吸烟，每月可以省下多少钱，她总能算得清清楚楚！

法国俗语说："你若不时时向你妻表示爱情，就要有别的男子来替你代劳。"这句话非常可怕！

古今中外的妇女，是一样的心理，纵有不同之处，也不过是毫厘之别。你若将一位妇女（妻）研究明白了，天下的

妄谈

· 97 ·

妇女，就不问可知了！

在腐化时代的人，多能注重道德，多肯为别人设想，所以有富贵不易妻的，有肯娶瞽女的；在这进化时代，人多注重利己，那种愚呆的行为，决无人肯做了。这是文明呢？还是野蛮呢？

人生原是苦恼，所以一出母胎，无不张口大哭。由幼至老，苦恼日增，至死方休。只有得着一位相亲相爱的终生配偶，还算是苦中的乐趣。

女子最好是嫁一位有姐妹的丈夫，因为这种男子，从小就明白妇女的习性，自幼就养成了容让妇女的习惯。

多数的女人心中，认定丈夫为她"摩顶放踵"是应当的，"拔一毛而利天下"是无理的。

怕老婆的固然是懦夫；不怕老婆的，也不是好汉，最好是似怕而不怕，似不怕而实怕！

我国女子，事事不如男子。就以"洋花"一事而论，她们中最时髦的，也不过是：穿洋衣，吃洋饭，用洋物，说洋话，跳洋舞，唱洋歌而已。然而敢实行嫁洋人，千万中少有一人，若与我国敢娶洋太太的男子相较，未免是不进步，不彻底！

近来报上常有变相的求婚广告，不说求婚，偏说是征求女友，将终身的配偶，百年偕老的夫妻，竟降归朋友之列！夫妻之道，不可问了！

天下最难受的是鳏夫寡妇，由这两种人看来，我极端反对行围打猎。我们人类图一时的游戏，贪一时的口腹，害得他们雌雄死别生离，是何忍心！可恨现在我国有一些洋化的男女，也竟追随洋人而学了这种残酷的嗜好！

使女人最恼怒的，是丈夫对她夸赞别的女子；使丈夫最恨恶的，是女人对他颂扬别的男子。

我听说某伟人，因为他的夫人不会唱歌跳舞，已经同她离婚了。女子们生在这文明时代，若想当永久的太太，先要扪心自问有这种本领否？

旧式的新娘子，全盖头布，新式的全加蒙头纱，这两种东西，全是替新娘子遮羞的。新式的既不害羞，偏要这种东西，实在是瞎子戴眼镜大可不必！

与女人双宿双飞，不是结婚；你若没有她，你就不愿生活，那才是结婚呢。

女人所喜欢的丈夫，是对外要威若猛虎，对她要柔如绵羊！

穷女嫁富夫，如同花子拾金；穷夫娶富女，如同卖身为奴。

无论什么样的丈夫，决瞒不过他的妻，因为个个女人，对她丈夫的一切行为动作，全是福尔摩斯。我的朋友说："那么，她们充当侦探好不好？"我说："不行，她们只能侦察一个人——丈夫。"

又问："那么，母亲可以侦察儿子了！"我回答说："也不行，那是儿媳的专长。"

女子一生的光阴与心血，全是为别人耗费了。到了及笄之年，时时想望丈夫；既嫁丈夫之后，时时须监视丈夫；生了儿女，不但时时要看顾小孩子，还得时时监视丈夫。

对待丈夫如同对待孩子，你须时时对他注意，设法引起

他的兴味，否则他必脱开你，出去淘气！

夫对妻多是认假不认真，仅顾外表不察内心。妻对夫，若能使他眼中快乐，精神舒畅，他就不容易起邪念。果如此，你纵然将他卖了，将他害了，他还不知是谁的主谋。

有些女人，只能哄孩子，不善处丈夫。其实若肯利用哄孩子的手段待丈夫，必是多成功而少失败！

妻若向丈夫要钱要物，或为别人托人情，千万不可说别家男子对待女人如何如何，否则即是自寻苦恼！

丈夫多是喜欢喝米汤，不喜欢纳忠告。女人若反其道而行，必遭失败！

你若愿知你丈夫的任何秘密，或入款的确实数目，你万不可横眉立目，大喊大闹地审问他！你若肯引得他快乐，他必然不打自招。他一喜欢，连他的姓都忘了，自然也会将你所欲知的，清清楚楚合盘托出。在丈夫喜欢的时候，所应许你的什么事物，你最好是设法使他顿时施行，否则时机过了，他就容易变卦。丈夫对妻，大半不讲信用！

操纵丈夫，固然以容貌为第一要素，但是也不尽然，常有肥如牛黑如炭的女人，将丈夫玩弄得妇唱夫随。女人若肯用心揣摩，足可操必胜之权！

夫妇的真意义，就是疾病相扶持，遇事相扶助，互相怜爱，彼此安慰。然而现今离婚者，竟有以对方患肺病为理由的；人对于有病的猫狗，还不忍遗弃，还要设法医治，夫妻竟如此无情，我为人道主义一哭！

英国克莱文女士说："结婚是女子的养老方案。"可惜我国的摩登女子，多将结婚看做是一种消遣方法。但是老了，就没有人肯收养了！

巴尔扎克说："结婚是一种科学。"据我想，这种科学，无数的科学家，一生一世也研究不清。

自从物质文明和汽车出现，马全失业了！自精神文明和婚姻改良，离婚自由，许多老式的太太，也失业了！将来马的用途，只好入屠户铺；老式的太太的出路，只好入疯人院！我写到这里，我的妻问我说："假若太太们不疯，当怎样呢？"我说："老爷停妻另娶，太太会不疯吗？假若我有势力，偏说你疯，疯人院也肯替我看管。欲加之罪，何患无辞？法子多着呢！"

由专制婚姻而成的夫妻，无论何方，若失了贞操，还有情可原，有理可讲；凭自己结婚而成的夫妻，无论何方，若失了贞操，实在无情可恕，无理可辩！

有人说："文明进步，自由结婚，始能美的配美的；丑的配丑的；老的配老的；少的配少的。"我说："文明无论到了什么地步，自由无论到了什么程度，反正有钱有势的老男子，决不要老丑的女子！"

你若嫌你的妻不喜出风头，你最好是多为她置买几件好衣服！

我见人养鸽子，全是一公一母，互相唱和，度它们甜蜜的生活，牢守贞操的义务，决不同第三者，发生性欲问题。我不禁长叹一口气说："何以人而不如鸟乎？"

女子最好是嫁瞎子，因为可以省去许多修饰的苦心。

旧式婚姻与家庭，利于年老；新式婚姻与家庭，利于年轻。

妄谈

有貌无学的女子，虽然日居深闺，求婚的人，也必争先恐后；有学无貌的女子，虽然当街露宿，也必少人问津。野蛮时代如此，文明时代更甚！

男子纵然同一千个女子，发生了某种问题，对他的妻绝没有生命的危害；女子若同一个别的男子，有了苟且，则必将她的丈夫视为眼中之钉，肉中之刺，非除灭了，不能甘心。她的丈夫纵然不加干涉，也恐有生命的危险！

从来谋害亲夫的案子，多是女子主谋。

你若想娶寡妇或离婚的妇人，你必须自问你是否胜于她的前夫，否则即是自寻烦恼！

贫苦的夫妇打架，多是为钱；富贵的夫妇打架，多是为醋。为钱打架，其原因多起于女人；为醋打架，其原因多起于男子。

你的妻若是续弦的，你在她面前，不可骂前妻，更不可夸前妻，也不可永不谈前妻，更不可屡屡提前妻！

男子对他的妻，喜说别家的男子不好；女子对她的丈夫，喜说别家的女子不贤。这并不是对别人的夫，对别人的妻，有何深仇大恨，不过是要提高自己而已。

现今有钱的人，有儿女，不易教养；无钱的人，有儿女，不能教养；将来不论贫富，谁也是无法教养儿女。

男子在未结婚以前，恨不能社会公开，达于极点；及至结婚以后，恨不能将妻锁在铁柜里，加上一百张封条！

千万不可娶众男子所喜爱的女子，千万不可嫁众女子所喜爱的男子。

腐化的妻，固然使丈夫没有大快乐，然而也少有大烦恼！

许多的女子，全不信任她们的丈夫；许多的丈夫，决不疑惑他们的女人。

我以为，男子的爱情，应当专用于一个女子（妻）；女子的爱情，应当专用于一个男子（夫）。两人结成一个永久团体，始有真乐。一加入第三者，这团体就被破毁了。古人严男女之防，并非束缚人权，实在是维持世界。

古人重子嗣，以无后为不孝，他们纳妾还有借口。今人既不重子嗣，不讲孝道，纳妾不过是为寻乐，以女子为寻乐之品，还说什么提倡女权！广东某要人有五妾之多，他死了，还有成队的女学生为他送殡，我不知是什么道理！

古语说："知子者莫如父。"应当再加上一句："知夫者莫如妻！"

夫对妻，多是睁着一只眼，闭着一只眼；妻对夫，多是两眼齐睁，五官并用。

有人说："现在无论什么，全是'商业化'，甚至婚姻也变成商业化了！"我说："不错。旧式的婚姻，是先行开张，然后交易；新式的婚姻是，先行交易，然后开张！"

清初，大理学家某甲，每夜安寝之前，必同他的夫人，互拜三拜，连说："请！请！请！"清早起床之后，又必拜三拜，连说："多谢！多谢！多谢！"这种酸而且腐的举动，不知是来于哪位圣贤。可见他对于《易经》与，《孟子》的某某句，全未读清楚！

有人说："你以为夫妻之间，应当怎样？"我说："要敬而爱。敬而不爱，即当呆板；爱而不敬，便入淫邪！"

夫妻之间的敬爱，要有应守的范围；互相尊重，彼此体

妄
谈

· 103 ·

贴，就是敬；互相温存，彼此专一，就是爱；并非一天互相大拜六十四拜，也非每日彼此大吻七百二十吻。

俗语说"上床夫妻，下床客"。这是说：在某时要发挥彼此的性能，在某时要各尽个人的本分；到什么时候，说什么话；在什么时候，做什么事！

老式女子，以为出嫁就是"嫁汉，嫁汉，穿衣吃饭"。摩登女子，以为出嫁就是"嫁夫，嫁夫，享乐无束"。全是误认了嫁娶的原义！

嫁娶，是填补两性的缺乏，减除独孤的苦闷，度互助的生活，尽传种延宗的义务。禽兽牝牡，度共同的生活，并不为穿衣吃饭，也不为寻欢取乐，他们也有夫妻的制度！

现在有某摩登女子，与某报写信询问：既嫁之后，她是否可以仍同别的男子继续交友？这种吃一，看二，眼观三的办法，在欧美也是少有。可见我国所谓改良维新，全是矫枉过正！

女子若有长生不老之术，一天连嫁五个丈夫，未尝不可；否则，应及早打定主意，以免后来多流眼泪！

女子出嫁一夫制度的起源，是古时的圣贤，看见二八月以后的母狗的结局，而创出的一种救济办法！

这几年来，有许多有钱阶级的青年学生，大交女友，大征女友，并不是起于结婚的念头，不过是为解决一时的欲火。他们混了文凭得志之日，多是再寻一个更如意的女子，再正式结婚！

郑氏《易注》说："夫妇同心而成家，久长之道也。"现今有摩登男女，被邪说所惑，彼此尔诈我虞，甚至在结婚时，预先立下离婚的条件。他们的连合，也不过是起于一时的同欲，焉有久长的可能？家既不能稳定，社会与国焉得不乱？

按《诗经》上说"刑于"之化；《礼记》上说"夫也者，以知帅人者也"；《白虎通》上说："夫者扶也，以道扶接也"；等等的话，全是丈夫所不可忽略的。要知夫正，妇贤；夫义，妇顺。丈夫若不能修身正己，妻绝不能四德无亏。

乡间的男女对物质的享用，万不如城市中的男女，然而精神的安乐多，堕落的机会少，并且夫妻的爱情也更坚实；城市的男女则反是。

与其娶一贪妇，不如娶一淫妇。前者能使丈夫死于气愤，后者能使丈夫死于欢乐。换一句话说：宁可死于骚狐，不可死于财奴！

好性欲的妻可怕，她能使你骨枯精竭；好钱财的妻更可怕，她能使你肝崩肺裂！

只要有钱财有势力，男子全是贤夫；只要有美色有嫩皮，女子全是良妻。

情的发端，始于夫妇，达于社会，展于邦国，终于世界。若夫妻之间尚不肯用情，反高谈爱国，爱民，爱人类，爱世界，即是舍本逐末，纵或略有表现，也不过等于无源之水，无根之木，决无耐久性！

情如同吸力，虽然也是无形的，但是维系力极大，宇宙间赖吸力维系；生物（人也在内）间，仗情联属。无吸力，三光不能定位；无情，则生物不能绵延。人类之有家庭，社会，邦国；禽兽之有团体，家庭；蜂蚁之群族，全是情的表现。

家庭革命，是打倒不良礼俗，并非打倒父母，而不念他

们的伤心；亦非凭私欲离婚，而不顾对方的死活！

小家庭制度，是不与弟兄同居，以免彼此受女人挑拨，伤手足的爱情；并非遗弃或铲除父母，使两个老东西独立门户，而不顾他们的老境！

不义的夫与不良的妻，如同身上的痈疽，纵然费尽心力除掉之后，也要留下极大的伤痕，有时还隐隐作痛。

选妻择夫，与买马票相类，徒看马的外表，徒听马的声名，徒认马的出处，是靠不住的。

包办的婚姻，若娶妻不淑或遇人不良，还有父母或媒妁担过；自由结婚，若遇不着满意的，只好有泪向肚里流，如同哑巴吃黄连，有苦说不出！

有些男子，一月耗尽心思所得的代价，不足供太太一日的随意挥霍；有些女子，终日忙断手指，所得的收入，不足供丈夫一次的吃喝嫖赌！这全是不肯为别人想的表现。

嫁娶是第二生命，是哀乐的基础，应预先千酌万斟，施行"先小人后君子"的办法；假若预先模模糊糊，成婚之后又施行"先君子后小人"的行为，悲剧即由此开始。

离婚法中，有夫妻之间，一方久病不愈可以作为离婚的理由一条，我不知是哪一位狠心的人定出来的。夫妻本是以互助为原则，应助之时不助，何必有婚嫁制度？

旁听离婚案件的人，以摩登男女占十之八九。他们或她们并不是出于好奇或看热闹，也不是对双方任何一方表同情；不过是为得些诉讼的知识，看些离婚的手续，以备将来作自己用的资料。

我想天下有三种物，以老的为好——老妻，老友，老书。

老妻能保命；老友能安心；老书能定神。

男子中有十分之九，喜爱能理家政的妻，不喜爱能操国政的妻；喜欢富有女性美的妻，不喜欢赳赳武夫式的妻。

金圣叹先生，认定与他同时的蜂蚁，全是有缘的，可见与我们同时的人类更是有缘的。那么，同床共枕的夫妻，尤其是缘中之缘了！既是缘中之缘，岂可为求自己一时的幸福，忍令对方受无穷的悲苦！

有些青年男女，经家长代定了婚姻，自己并不深加可否，先存下娶过来看一看，嫁过去试一试的心理。岂知这正是误己祸人！

现今某报上，征女友的告白中，有一句说："合则结婚。"那用意就是：我们先试一试；我用钱，行我之试；你用肉，受我之试。

女子应征而为妇友，若不以结婚为目的，莫如痛痛快快竖起艳帜而为明娼！

先试后婚，是北平俗语"先尝后买"；试而不婚，也是北平俗语"坏了您别要"。

不说结婚，偏说同居；不说征婚，偏说征友；此中藏着无限的恶意！他们（或她们）既然预先摆脱夫妻的名义，所以后来更可任意离合！

贤妇是内助，悍妇是内患；得内助的男子，对外也易成功；得内患的男子，对外也必失败。前者是升天之梯，后者是附骨之疽。所以英谚说："埋葬一个悍妻，是快乐的悲伤。"

英国俗语说："贤德之妻，是丈夫的皇冠。"皇冠本不易得，贤妇较皇冠尤不易得。

妄谈

男子对惯离婚的女子，多不敢娶；女子对惯离婚的男子，多是敢嫁；因为个个女子，全有自信力。

男子万不可向家里招引比自己有财有势的男子；女人万不可向家里招引比自己有貌有才的女人；否则家庭的爱情，就易摇动了！

妻对夫说话，全是不肯直截了当，全好绕大圈，"加小注"。

对待丈夫，每日向他大拜三拜，不如轻轻打他两拳；尊他几声老爷，不如骂他几声兔子。因为男子对于女子，多是贱骨头！

妻对夫有什么要求，按中外妇女的公例，多是用哭闹的手段；其实用嬉笑的方法，更能发生效力。用哭闹固然多能使丈夫百依百随，然而用嬉笑，更能使他忘了东西南北！

妻对夫有何要求，多是先用别家的夫妻，作引子、作比方。这种习性，最易得丈夫的厌恶。

面貌是妻权，金钱是夫权。

俗语说："少年新妇年年有，就怕铜钱不凑手。"这句话不但古时是如此，现在是如此，将来也是如此！

古时的婚姻是认命的，现今的婚姻是任意的。认命的，必能牺牲自己；任意的，必忍牺牲别人；认命，能化忧伤为安宁；任意，则化安宁为忧伤！

妻的安慰，是最大的安慰；妻的刺激，是最大的刺激。

被妻安慰的丈夫，多成功；遭妻刺激的丈夫，多失败！

新式的婚姻，同居之后，如嚼蜡；旧式的婚姻，娶嫁之后如开斋（或开荤）。

有人问我说："为什么自由结婚，也多是不能和乐？"我说："因为在未结婚前，双方彼此竭力地克己，讨对方的欢喜，全含着许多客气；结婚之后，名分一定，就要免除客气，发挥个性，悲剧就由此开始！英谚说'结婚是恋爱的坟墓'，就是指自由结婚说的！"

英谚说："邻人之妻美而贤。"其实你若是邻人，你就会知道，她也是不美不贤的！

打破家庭制，是女人做成男子义务玩物的第一步，也是男女"狗化"的第一步。

打破婚姻制，女子前途与老妓相等；青年时，珠围翠绕；老年时，啼饥号寒；青年时，高朋满座；老年时，无人问津。

英谚说："选妻之道，多用耳，少用目。"我看用耳用目，全靠不住，只可靠命运！

千万莫娶交际明星或社会之花，这种女子，只能使你多生烦恼，因为她的心念中，还有若干备取的丈夫呢！

法谚说："是肉就被人吃，是女就被人娶"，与我国所说"有剩男，无剩女"是一样的。

丈夫少有肯将自己的苦恼向妻说的，并且竭力地遮盖，唯恐被她知道了；妻有何苦恼，不但要向丈夫倾筐倒篋而出，并且要放大十倍！

你对妻诉说苦楚，她不但不用心听，并且以为你没有骨头。她若向你诉说苦楚，你当洗耳恭听，否则她说你没有人心。

对妻发脾气，就等于捅马蜂窝，捅一下并不费力，捅了之后，祸就惹起来；你要想避免一针一针的螫刺，那就费了

妄谈

· 109 ·

力了！

妻对夫，总是明情有理的；夫对妻，总是无情无理的。男子一生，娶妻愈多，听到这种的话愈多。

男子一生最大的目的，就是要一个如心如意的妻；女子一生最大的目的，就是要一个如心如意的夫。至于爱国爱民爱世界，不过是好听的名词。

许多妇女对于衣饰，不顾她丈夫的身份同经济能力。

女人多知道这句老话"满堂儿女，不如半路夫妻"。可惜他们对待丈夫，反不如对待儿女那样亲切。

英谚说"若想致富，须向汝妻讨教"与我国的"听信老婆的话发财"相等，不过你心里不要失了自主！

聪明的男子，全知道女人不易对付，可是全要娶一个对付对付！聪明的女子，全知道男子不易对付，可是全要嫁一个对付对付！

对待女人，如同哄小孩子，你须耐心，不要急躁，不可发脾气。可是有时你须假装发脾气。女人对待丈夫，也是如此。若再稍微加上一点眼泪，更有美满的功效！

处在这时代，有钱的人，必要心惊胆跳；有美妻的人，也要胆跳心惊！

因恋爱而结成的婚姻，实在是可爱；但是你若有钱，更能使你的妻增加可爱的程度。

女人最不信任她们的丈夫，这并不是她们好起疑心，是因丈夫最喜欢对妻说谎。丈夫们之所以喜欢对她们说谎，是因为求安宁起见，不得不如此！

男女间，爱情是容易发生而难维持的；婚姻制，是于不易维持之中，所定出的一种勉力维持的最妥善的办法。

妻是夫的私产，夫是妻的私产。夫妻能将对方视同私产，才是真正的夫妻的原则。

当你怕你的夫人，然而千万不可让她知道，你真怕她！

女人肯对她的儿女认错，然而对她的丈夫，她总是自居无错可认的，并且是永无过错；而纵然有过错，也是丈夫招起来的。

你千万不可随着某妇人，骂她的丈夫，因为骂她的丈夫，是她天赋的特权，并且她骂完了，还是喜爱他！你不过是空骂而已。所以只许她骂，你万不可妄加材料。

你的朋友若因受了他夫人的气对你诉苦，你最好是不赞一词。假若你对他表同情，随声附和，将来你的朋友必于不知不觉之间，将你供出来！她对丈夫可以暂行宽赦，对你必要设法报复！

凡是一个女人，全以为她自己是又美又贤又聪明的完全人，独可恨她的丈夫，竟认不出来。

男子主张打破家庭制，是要施行不负责任的纵欲；女子主张打破家庭制，是愿施行白尽义务的卖淫。

我问朋友说："为什么摩登男女，将结婚改为同居？"朋友说："结婚的名词，含有封建意味，并且若用娶字，未免重男；若用嫁字，又觉轻女。所以改为同居，彼此两不吃亏。"我说："同居！同居！好多的男女，被这个不封建的名词毁了！"

女子虽能加入社会的活动，然而期限是短促的，女子一过四十，只有丈夫肯喜欢她，肯疼爱她！

妄
谈

妇女善能哄小孩子，而独不善于哄大孩子（丈夫）。其实若肯以哄小孩子的耐性与手段，施之于大孩子，更能引得他眉开眼笑，欢天喜地，较哄小孩子还特别容易！

女子若没有固定的丈夫，不过如道旁的花草，虽能得人的欢喜，然而不能得人的爱护。

女人最讲理，不过对丈夫所讲的理，多是她自己的一面之理。

你若愿使你的妻如何修饰，你不可公然劝她，你最好是对做那种修饰的女子，多加注意。你若劝她，她决不肯听，你若对某种修饰注意，她必加意仿效。

对待丈夫，有时须端起贞节烈女的架子，有时须摆出放荡不羁的言行。

男子为使女人欢喜，固然应当惧内，然而你若怕得太甚，她不但不认为满意，反要说你没有出息，没有男子骨头！

凭男子的智力，决不致被女子征服。所谓怕老婆者，不过是顾脸面，求安宁而已！

男子提倡打倒婚姻制是脱卸家累，女子提倡打倒婚姻制是自入网罗！

有人说，打破家庭观念，打倒婚姻制度，施行自由社交的时候，政府必为年老的男女，设立华美的养老院，必为幼小的儿童，设立完备的育婴堂；我说还是不如有一个贫苦的家庭，还是不如有一个真正的父亲。

对娼妓施爱情，如同用水浇鸭背；对妻妾施爱情，如同用水润枯苗。

妻，多是类似滚刀肉，丈夫应付她们，最不容易，因为是，横割不行，竖切不得；温火煮不烂，猛火要爆锅；最好是模模糊糊，半生半熟地囫囵吞下，不必认真，终有一些滋味。吃这样的肉，终胜于无肉。

我的亡妻龚氏贞慧说："男子是耙子，女子是匣子；男子虽能搂钱，须要交入匣子里，才能保得住。"可惜我一生没有耙子的本领，她空负了匣子的名目！女子若不愿为"空匣子"，最好在选夫之前，多加注意！

妻对你发了脾气，最好是不加分辩，要竭力对她施展爱的举动，她虽更怒而打你、骂你、抓你，你也不可动气。

旧式婚姻，多是先娶后奸；新式婚姻，多是先奸后娶；摩登的同居，多是先奸后不娶。这三个比较级（Degrees of Comparison）是一级比一级文明，一步较一步进化！

美国电影明星费尔班克斯与玛丽·皮克福特的婚配，据说是纯以爱情结合的，各国人对他们夫妇无不艳羡赞颂，并且呼他的住宅为"爱宫"（Love Palace）。他们结婚已十三年之久，现今又将实行离婚了！模范的自由婚姻，尚有如此的归宿，其他苟合的自由婚姻更不可问了。我为文明痛哭！

你的妻若修饰完毕，走到你的面前，你无论有什么紧要的事缠身，你也要细细看她几眼，只可点头说好，不可擅下正确的批评。

你用钱买好吃的或你所爱的东西，是你出乎情理；你的妻用钱买好的装饰，是她份所应当。

不听母亲话的人多，不听老婆话的人少；女子生十个孝子，不如有一个贤夫！

大学问的女子，不善为妻；大学问的男子，不善为夫；

学问愈大，愈难通人情，难达事理！

有固定的婚姻，女子始有固定的人权；有固定的丈夫，女子始有固定的保障！

丈夫对妻，无论如何疼爱，妻也不以为满意。她若是说出满意的话来，丈夫且莫欢喜，因为那是她的回光返照，或是不祥之兆！

俗语说："光棍打三年，见了母猪当貂蝉。"人非丧了妻，不知道这是经验之谈。

得天下人的同情易，得一个妻的同情难。

多数的女人，全好追问丈夫的口供。这种审讯的举动，较官吏审讯盗贼，还要严酷可怕，盗贼可以忍刑不招，而丈夫多当不起他太太的一审！

娶女学生为妻，是一件极应审慎的事，因为她有时集了众女之长，有时集了众女之短。

有许多摩登妇女，以养孩子为侮辱自己的人格，可是她们偏不肯废止预备养孩子的工作。

按《圣经》，上帝当初造人，只造了一男一女，并未造一男两女，也未造两男一女，足证一夫一妻，是最合宜。

某教教徒，自夸他的教里有专心归主而守童贞的女子数百人。我说她们是反天理，逆人情；因为上帝当初造人，何必造一男一女，又何必将他们配为夫妻！

子女为尽孝而不肯娶嫁，有人心的父母，决不忍使他们不遂他们的性欲。果然真有上帝，上帝也不能因得男女长久的跪拜他，而不令他们尽人性！

"你的女人应当公诸同好，我的妻是神圣不可侵犯"，这是现今的"公妻主义"。

打倒家庭制，是人类退化的起点；打倒夫妻制，是人类退化的极点。

有人问我："怎样才可以打倒离婚的恶行？"我说："男子不娶离婚的女子，女子不嫁离婚的男子。"

旧式夫妻的爱，是以为命中造定的，是义务的，故不敢不爱，不能不爱；新式夫妻间的爱，是以为个人自造的，是任意的，故可爱可不爱。

宁为贫人之妻，不可为富人之妾；贫人之妻是丈夫的心肝，富人之妾是老爷的鞋袜！

聪明的女子出嫁，是要寻一个能疼爱解温存的伴侣；糊涂的女子出嫁，是要找一个供挥霍同玩乐的情人。一个是求精神的爱，一个是谋物质的欲。岂知，精神无尽，物质有穷！

人除非生理上有缺陷或精神衰弱，没有人不起性欲的，为贪虚伪的社会称颂而守寡守鳏，是背天理逆人情，是自找苦吃！

我极端主张，夫死妻嫁，妻死夫娶；我极端反对任意地离婚。重婚的男女，多可再得快乐的生活；离婚的男女，少有美满的结果。因为已死去的易忘，尚活着的是不易忘的！

无钱而娶妻，如无罪找枷扛。枷与家，二字同音，家累之难负荷，尤甚于扛枷！

合两性之姓易，合二人之心难；结婚易，离婚难；正如跳井易，爬出来难。

父母生我，是第一个生命，结婚是第二个生命。第一个是天造的，第二个是人为的。第二个生命，若是不良，第一

妄
谈

个生命，也无价值。

中国习俗，在"放小定"之后，无论发现双方有何不相宜之处，也必要模模糊糊，将二人牵到一起，否则就认为大逆不道。这种恶习，葬送了不知多少男女，造成了不知若干不良的婚姻！

宁可生不逢时，不可嫁娶不如意。宁可在婚娶前，大大方方，慎加选择，招人言论，惹人笑骂；万不可在婚娶后，委委屈屈，勉强对付。

婚姻门当户对，不如二人志同道合！

宁可在结婚前，违抗父母之命，不纳媒妁之言；不可于结婚后，违抗自己的本心，不如个人的志愿，否则迁就一时，将来难免自坏心术。

迁就的婚姻，难期美满；任意的婚姻，决不久长。

嫁娶专看门第，如只看鸟笼而买鸟。

嫁夫娶妻如同买表，是碰运气的，价钱高，式样美，来头大，未必用得住！

有些父母，对子女的婚姻，只注意对方的门第，只知对嫁娶的礼俗斤斤地考求，而双方的性情，体格，志趣却不考虑；这种轻重颠倒的恶习，理应根本铲除！

俗语说："朋友面前莫说假，夫妻面前莫说真。"若不以这话为然，请你将你一切的行为，据实奏明你的夫人，告诉你的丈夫，看看有什么结果？

选妻如同买鸟，要知羽毛美丽态度敏活的，未必就能悦耳怡心，未必不是吃货；选夫如同买马，要知体格壮健精神充足的，未必就能任重致远，未必不是草包！

有些女人，专好搜寻她丈夫的过失，以定她丈夫的罪案。无论什么男子，娶了这种女子，绝没快乐的可能。

男子对任何事，全容易有主意，唯独对一个女子（妻）最没有主意；女子对任何事，全没有主意，唯独对一个男子（夫）最有主意。

在恋爱的过程中，男子的心念，多是集中在他所爱的一个女子身上；在结婚以后，女子的心念，多是集中在一个男子（丈夫）身上。换一句话说，在恋爱期间，男子的情意是专诚的；在结婚以后，女子的情意是专诚的。所以女子宜于为人妻，不宜于供人恋爱。

丈夫若对妻，忽然竭力表示爱情，妻须用心侦察，因为他若不是真爱她，就是他又同一个别的女子，发生关系了！

古今中外的圣贤豪杰，多得力于妻的赞助。名扬中外的奸雄巨盗，贪污土劣，也多得力于妻的促成。乐羊子若无良妻，不能成学；拿破仑无约瑟芬，不能成霸业；秦桧无王氏，不能卖国；军阀政客若有良妻，总可减少祸国殃民之恶行。

北平俗语说"小时候爱妈，大了爱媳妇"，实在是一句不可推翻的名言。因为浑蛋是如此，圣人也是如此，古今中外的男子，全是如此。

再续的恋爱，如同再蒸一次的肉馒头，无论如何绝不如原来的味。英国某杂志说："恋爱如同披着纱衣跳舞，结婚如同裹着湿被睡觉。"这两句话，正与"结婚是恋爱的坟墓"相同。据我看，只有自由的新式婚姻是如此的；旧式的婚姻，结婚愈久，爱情愈深。

妄谈

· 117 ·

　　女子选夫，须注意对方的学问品行。嫁循规蹈矩的书虫儿固然不好，若嫁胸无点墨的"绣花枕"，也不高明。

　　有婚姻制，女子可以永远挟制一个男子（夫）；废除婚姻制，女子可以操纵几个男子（男友）。然而挟制一个男子，则心逸日休；操纵几个男子，则心劳日拙！

　　男子的习性，多是厌故喜新，见异思迁。男子所以肯屈服于一个黄脸老婆之下，是因为受了婚姻制的束缚无法跳出；交女友，既可得娶妻时快乐，又没有老婆的牵累。男子既不疯不癫，谁还肯钻入婚姻的羁绊而永受制于一个人？

　　婚书是男子的"卖身契"；家庭是男子的"拘留所"。

　　结婚能分我们的忧，增我们的乐；也能分我们的乐，增我们的忧。

　　婚姻真是一个难解之谜！古时听凭父母之命而成的夫妻，未曾不乐；现今专凭自己的心意而成的夫妻，也未尝真乐！

　　女子学问愈大，眼孔愈高；识人愈多，选夫愈苛；年龄愈增，机会愈少。如同货品，愈候行市，愈得不到善价。结果，虽忍痛大打折扣，减价出手，而顾主还不以为是占了便宜！

　　愈是受过高等教育的女子，愈难选得同心如意的高等丈夫。

　　有人问我："为什么天津最有名的交际明星某女士，竟肯委身下嫁于一个穷记者某甲？"我说："她还算是一个能见机而作的女子；否则，再过几年，她虽然愿嫁一个穷车夫，也恐怕不能了！"

　　外国的妇女，并非个个像中国的摩登女子。我见北平两个工人所娶的法国女人与我的朋友所娶的俄国太太，对于料理家政，全胜于中国女子，对于衣饰的俭朴，用费的节省，更过于中国普通的乡妇。

独身主义，是自由而不好受；婚姻制度，是好受而不自由。

古语说："莫恃倾城貌，嫁个有情郎。"又说："容颜易衰老。"这两句话，可以做社会之花与交际明星的座右铭。

"打倒婚姻制，实行自由性交"等的邪说，全是与女子有百害而无一利的，是一些坏男子创造出来的，是要利用好听的名词，不费辛苦而能泄欲。既要度独身生活，就不当偷偷摸摸，寻求异性的调解，而施行零碎式的结婚，与其避名趋实，莫如痛痛快快，实行光明正大的结婚仪式，而取得夫妻的名分。

俗语说："三十好过，四十难熬。"我愿一些妄谈独身主义的人，尤其是女人，要趁早打量打量，以免追悔不及！

中外古今一切的贤德妇女，都不是完全人；唯有你的夫人，对你，是一个完完全全的人。不但她时时这样想，你有时也要同她想到一条路上去！

现今，有知识的女子，全主张男女平等，然而又为什么，她们选夫的标准，都愿意嫁一个家产、年龄、学问全高于她们的呢？

夫妻之间，无论任何一方，若能毫无对付、勉强或认命的感想，才是美满的良缘。

世间的配偶，知己或知心的少；不知己或不知心的多。男子应娶一个女中知己，女子应嫁一个男中知己。只可惜，

妄
谈

· 119 ·

不论旧式与新式的婚姻中，全不易达到这种目的！

我的旧同事，美国某女士，前年竟嫁了她的一个中国学生。有人问她嫁中国人的理由，她说："在本国觅一个如意的丈夫，比进天国还难。"

旧式婚姻，如食橄榄果；新式的婚姻，如嚼橡皮糖。一个是甜美在后，一个是甜美在前！

自由的婚姻，多起于一时的感情冲动，所以不易持久；旧式的婚姻，男子多认定是应当牢守的义务，所以不易分离。

自由结婚，是破釜沉舟的举动，不是可以儿戏苟且的！在结婚之前，要熟察审虑，知己知彼；既决定后，要聚精会神，立志不移，只可前进，不可退缩，始有好的希望。

女人万不可因丈夫能养家，就谄媚他或畏惧他，这样只能增长他的骄气，泯灭自己的人格。

女人对丈夫的希望或要求，须按他的学识能力，不可贪求不止，过了可能的范围。总要鼓励他，万不可刺激他，要知被妻鼓励的丈夫多成功，受妻刺激的丈夫多失败！

性情和善的男子，被妻刺激了必灰心；性情暴躁的丈夫，被妻刺激了必惹祸。古今中外，许多的惨剧，多是起于妻的刺激！

俗语说："妻贤夫祸少。"所谓"贤"者，不只是夫唱妇随，最要紧的是用宽解、慰藉、温柔、和谐的方法，化除丈夫的苦闷与烦恼。

丈夫所求于妻的，不仅是一张艳皮，要求的是一颗诚心。容貌固然是增加丈夫的爱情媒介，然而也不过是一时的。

人生是苦闷，不是快乐。结婚是人造的一种调解苦闷的制度。两性合在一起，将彼此的苦闷，分开担负，互相慰藉，使对方减少苦闷，才是良好的婚姻。

天下的人，你全对得住，只是对不住你的太太，她对你的好处，你一生也报答不完。你为她累得筋疲力尽而病而死，她当着你的面，也绝不能说你待她好！

有"非孝主义"就必引出"不生养主义"，非孝主义畅行之后，人类即渐归澌灭！

妻若死在你前，她觉着难过，并非专因舍不得你；她是怕你将你对她那种鞠躬尽瘁的余力，又转移到一个别的女人身上！

有些男子以为娶妻，是得一个"泄欲器"以供自己愉快；有些女子以为嫁夫，是得一个"铸钱机"以供自己挥霍。这全是不知结婚原义，忘了各人应尽的职分。

现今的人多咒骂一般贪得无厌的要人，不知咒骂他们的太太。岂知她们若不穿三十元一双的丝袜，不用五十元一瓶的香水，她们的丈夫也不能拼命刮搂！

男子在外，谋求经济，应付社会，苦恼甚多；女子在家，操持内政，对付长幼，苦恼也不在少；然而全是人生应尽的义务。

男子中百分之九十九所要求于妻的，并不在乎她有挣钱的本领，而在乎她有治家的能力。希望妻挣钱养家的男子，非但是没有男子骨头，并且妻也不肯尽这种义务。

男子若不能养家或失了业，对于妻必生惭愧的表示，因

妄谈

为他将养家认做为本分。自从女子职业问题发生，男子对妻增加了一种要求，灭除了一半的责任。我为男子庆贺，我为女子悲哀！

四　论性爱

　　欲生儿养女，须要夫妇和睦、身体强健，并要专心于某件事，不可稍存生儿育女之心，且要常服"独睡丸"！至于看《房中术》、《玉女篇》、《性史》等书以及服春药，全是有百害而无一利，非但不能种子，反要自促天年！

　　和奸容易生子，是因两性一意取乐，并无立后之心；生子之道，是神秘的，越是鞠躬尽瘁，他越不肯光降！

　　夫妻间的某事，要顺乎自然，不可如某书上所说的"科学化"。别的事可以拿"科学化"三字骗人，某件事，决不可立异标奇！

　　现今某种书，对于男女间某种事，大谈背逆阴阳，乾坤颠倒的举动；假使此种邪说畅行，将来的小国民，必多哑巴与瞎子。至于如何必生哑巴，如何必生瞎子，我不便细谈。

　　男女生殖的机关不变，想要化除两性间的界限，是不行的！

　　现今的男子爱女子，多半是欲字，哪里有个情字呢！许多女子，竟将欲字看做情字，所以就生出无限的苦恼来！

妄
谈

《伦敦邮报》说："一个男子可以有两个欲，绝没有两个爱。"

愈是有学识的男女，愈富于爱情，愈知异性之可爱。目不识丁的男女，对于两性的关系，不过是个"欲"字，或是以两性相会是尽职分。

从前的摩登少年，受了性欲的冲动，去寻娼妓解决；现今的摩登少年，去找女友解决。可见女友的效用，有时与救急品无异，全是供浪子临时的消遣物。我虽恨这种招女友的男子，我更恨这种甘心做女友的女子！

北平某报上，发现征求"石女"为友的广告，我认为是名实相符，是最纯洁的，决无黄鼠狼给鸡拜年的心理。至于那种口口声声招请女友，彼此研究学术的广告，充其量也不过是研究"性学"！

某报登载，某君欲征女仆一人，并且须能裁衣炊饭，与某君同食同"宿"。这种女仆，即北方所谓之上炕的"老妈"，江南所谓之"脚凳子"。大概某君是上了"女友"的当了！

人生最可怜的，是用皮肉换钱；人生最可恨的，是用钱解决淫欲。欲谋女子的解放，应当首先废止娼妓这一种营生！

没有不含肉欲的爱情，但是常有不含爱情的肉欲。

人类对于性的问题，男子则重好看，女子则重好吃。换一句话说：男子多重色，女子多重欲。

有人问我："为什么古今中外，全主张女子守贞操？"我回答说："这是生理的关系；天下的女子，全是千篇一律，殊少差异；男子的，则人各不同，千差万别。"

花柳病是一种天然的法律，专为限制男女滥交而生出来的！

将来实行自由性交之后，只有身强力大的男子，可以达到目的；身弱力小的男子，只好望梅止渴！

外国的经济制度虽良，也不能由人任性浪费；外国的社会组织虽良，也不容男子随便苟合！

女人的性欲至长的期限，只到四十岁，至于俗语所说："四十如虎，五十赛过金钱豹。"全然不合事实。

男女间的某件事，是一种极大的事，若将这件事看小了，必致人道灭绝，狗道大兴，天翻地覆，世界沦亡！

解放二字，要有分寸；合理的解放，足可提高女子的人权；任"性"的解放，反致低减女子的人格。要知有人格，始能保人权！

解放者，是解除无理的束缚，开放固有的人权。可惜一些摩登女子，以为"解"者，是解除裤带；"放"者，是开放门户！因此反使多数苦恼的妇女，不得解放了，岂不可叹！

主张打破妇女贞操的男子们，是主张打破别人家妇女的贞操，以便他们任意发泄性欲！至于他们家里的妇女，他们恨不能在她们的某处，加上一万张的封条！

儒说"食色"，佛说"财色"。两说相同，全将色列在第二位。然而还是食字，比财字更彻底，因为有时，用财竟换不出食来。

食色也罢，财色也罢，反正是食欲先发，色欲后起，食欲是无休止的，色欲是有期限的。

色欲即性的本能。知识一开，虽起性的冲动，然而须先得急其所急，满足了食欲。

身体如同机器，肚子是发动的机关。食料就是燃料，食

妄谈

料断绝肚子立刻停止工作，性欲全都化为乌有。

恋爱生于性欲，性欲生于热，热生于血液激荡，血之所以激荡，是生于食的催动。

裸体的大姑娘，不能治饿；干硬的小窝头，可以充饥！

好色者，必多情；好欲者，必寡义！

有一个笑话说：有夫妻二人同居，家境极贫。一天他忽然要施行某种恋爱的举动。她说：明天柴米全没有了！他顿时垂头丧气，如同败军之将。少刻，她寻出半块干饼说：这可以对付我们明早吃的！他立时精神复振，如同得了十万援军。这就是食重于色的凭证。

食欲与性欲，全是天生的嗜好。一是要向内填补，一是求对外发泄；第一样若办不来，第二样就办不到了。身体与国家，全是一理。

性欲若不能发泄，至大不过扰乱社会的安宁；食欲若不能填补，必致摇动国家的基础。我对现今的摩登男女恋爱狂并不深忧，独对于失业者的求食欲大生惶惧！

有一天，群狗在我住的胡同里，开发社交大会。可称是少长咸集爪尾交错，毛形耳影十色五光，歌舞之声惊天动地。我开门一看，竟发现一句"饱暖思淫欲"的现象，因为穷邻舍所豢养的那只骨瘦如柴的狗，竟卧在一旁放弃狗权，并未参加！

好色是对异性的美而生的一种爱慕的感情，好欲是对异性的某部而生的一种强烈的激动。

欲虽因美而生，然而真好色者，未必在乎欲；真好欲者，未必在乎色。换言之，好色者有选择的心理，好欲者则不加辨别，美的固好，丑的亦可，且无阶级观念。

禽兽中的雌者，所以愿接近雄者，不是为美色所诱，是出于求保护的心。因为雄的，性质威猛，躯体强大，能抗拒仇敌。至于雄者的美声，也与男子唱小曲，弄音乐，引逗妇女的春心不同：不过是对雌者发的一种爱慕的声音，或招请的口号。

洋圣人说："禽兽以雄者为美，或美于色，或美于声，用以引逗雌者而行性交……"我以为这话，并不确当。

禽兽昆虫，没有审美的观念，所以它们只有欲，而不知好色。并且它们的欲，也多是各有一定时期的。

真好色，必如美人之惜花；真好欲，必如饥驴之嗜草。

好色者，多不失为君子；好欲者，每多流为小人。

好色之念，是随生命而来的，是随生命而灭的。好欲之念是随年龄而长消的，是随体格而加减的。

好色是由眼起的，是由外而达于内的；好欲是由心生的，是由内欲施于外的。

中国以男子喜亲近妇女为好色，妇女喜亲近男子为好淫（淫是过度的意义）。这两字全不完备，还以近几年来，所译的新名词"性欲"最好。人类之男女，禽类之雄雌，兽类之牡牝，以至昆虫之公母，全可通用。

色与欲虽有连带关系，不可并为一谈；色是由眼界生的，欲是由心里起的。

社交公开，给男子们增了许多泄欲的机会，给妇女增了许多堕落的祸根！

妄

谈

· 127 ·

主张社交公开的男子，必是富而淫的；主张社交公开的女子，必是美而荡的！

以先妇女若姘戏子、车夫、马夫、奴仆，是谓之下贱；现今则谓之破除阶级！

男子人人好色，未必人人好欲。真好欲的男子，容易对付；真好色的男子，不易吸引。唯真好色的人，始能怜香惜玉；唯真好欲的人，才忍摧柳残花。

古时的女子，对身体的某部，多是认为禁地；现今摩登过度的女子，对身体的某部，多是认为公园。

假若男女可以滥交，世上又何必有花柳病？假若女子可以打倒贞操，身上又何必生处女膜？假若男女姘靠可以得到真正的幸福，各国又何必有婚姻制？

见美色而动色欲，见美食而动食欲，是物理是人情；所以圣贤，也不避讳食色二字。

有人说，肥硕的妻，是丈夫绝对的"补品"，其实是极凶的"泻药"！

好色，是一种审美观念；好欲，是一种侵占吞食或蹂躏的行为。

同一个年貌相当的异性交往，若能不起性的冲动，那除非是一块铁石。所以古礼不得不限制男女的接近。

现今，多数的青年，对女子若能接近，则只有欲，没有情；他们若遭女子的拒绝，则只知恨而不知恕。

自由恋爱与自由通奸，万不可胡扯强拉，并为一谈。前者是从一而终的，是纯洁的，是神圣的，是不当阻止的；后者是三心二意的，是芜杂的，是卑鄙的，是理当重惩的！

食欲求吸收，色欲求发泄。这二欲若不能顺遂，轻则生愤恨，重则动杀机。古圣前贤所以著书立说，舌干唇焦，全是要用正当的方法，使这二欲达到解决的地步。

夫妻间某种的行为，是尽"传种"的职责，并不是专为取乐的一种举动。其所以令人生起美感的原因，是为赔偿将来生产教养的痛苦与艰难。

人类将男女间的某种行为，认做一种消遣，已经是失了本义；至于或用金钱或用物品而达这种目的，更是离题万里，不合自然与手淫相等。

报纸上所登男女苟合的新闻，其中女主角的名字内，多是有一个淑字或是有一个贞字，假若她们，能顾名思义，社会间就可以减少许多笑话！

猴类与人类最相近，它们性冲动次数，多于其他的生物；但是因为不知好色，所以仍不如人类冲动的次数频繁。

儒家将食色列在一起，极有道理，因为食欲满足了，才能动色欲，无食欲且不能养生命。但是生命的起源，是由于色欲，无色欲更不能造生命。可见二者，互为因果，同等的重要。

俗语说："色胆包天，饥不顾命，"这二种欲，不是用道德法律就可完全抑制的。欲使人群安宁，为父母的，当使儿女及时嫁娶；为官吏的，应使小民减少捐税，万不可徒唱高调！

管子说："仓廪实则知礼节，衣食足则知荣辱。"我再加上一段狗尾，添上一条蛇足："性欲遂则顾廉耻！"

妄谈

· 129 ·

英文"色"是 Beauty，"欲"是 Lust。Beauty 就是"美"，Lust 含有强嗜、贪求、热望的意思。所以除了对"性"的问题以外，也可以用，正与我国相同。